Shane

Von ihrem Verlobten abserviert, entschließt sich Jenna Emory, ihre Tante Sally in Ransom Creek zu besuchen. Vielleicht kann sie sich dort entscheiden, was ihr nächster Schritt sein soll. Auch wenn ihre Tante sie schon seit Jahren bekniet, in ihr Trödelgeschäft einzusteigen, ist sie sicher, dass das Leben in einer Kleinstadt nichts für sie ist. Um Kuppelversuche ihrer Tante von vornherein zu verhindern, entschließt sie sich, ihr nicht zu erzählen, dass die Verlobung aufgelöst wurde.

Solange er sich erinnern kann, haben Shane Presleys Tante und deren Freundin Sally Ann darauf gehofft, ihn oder einen seiner Brüder mit Sally Anns Nichte zu verkuppeln. Das einzige Problem: sie ist ein Stadtmädchen, das vor Kurzem die Träume der beiden zunichte gemacht hat, indem sie sich mit jemand anderem verlobt hat. Doch als er sie in einer eiskalten Winternacht aus ihrem Auto rettet, ist er plötzlich genauso enttäuscht wie die Tanten, dass sie verlobt ist.

Entschlossen, nicht in Ransom Creek zu bleiben, kämpft Jenna dagegen an, sich in den Ort oder den Cowboy, der sie bei ihrer Ankunft gerettet hat, zu verlieben. Sie ist ein Stadtmensch mit einer Karriere in der Werbebranche und ganz sicher keine Trödelhändlerin…

Auch wenn es der kälteste Winter seit Jahren ist, fliegen in Ransom Creek die Funken, während Shane und Jenna sich gegen ihre gegenseitige Anziehung wehren.

Er ist ein Junge vom Land, sie ein Mädchen aus der Großstadt… kann die Liebe sie zusammenbringen?

SHANE

Die Cowboys von Ransom Creek, Buch 4

DEBRA CLOPTON

Shane

Copyright © 2018 Debra Clopton Parks

Dieses Buch ist ein fiktionales Werk. Namen und Figuren sind der Fantasie der Autorin entsprungen oder werden fiktiv benutzt. Jede Ähnlichkeit mit einer wirklichen Person, ob lebend oder tot, ist völlig zufällig.

Kein Teil dieser Publikation darf ohne die vorherige schriftliche Genehmigung des Herausgebers reproduziert, verteilt oder übertragen werden in irgendeiner Form oder mit irgendwelchen Mitteln, einschließlich Fotokopien, Aufnahmen oder anderen elektronischen oder mechanischen Methoden, außer im Falle von kurzen Zitaten im Rahmen kritischer Rezensionen und bestimmter anderer nichtkommerzieller Nutzungen, die das Urheberrecht erlaubt. Für Genehmigungs-anfragen kontaktieren Sie bitte die Autorin über deren Website: debraclopton.com/deutsch

KAPITEL EINS

Jenna Emory umklammerte das Lenkrad ihres Mietwagens, als sie spürte, wie der Kleinwagen auf der vereisten Straße ins Rutschen geriet. Es war dunkel, und sie hatte immer noch ein paar Meilen vor sich bis zum Haus ihrer Tante Sally Ann in Ransom Creek.

„Jenna, bist du noch dran?" Aus ihrem Handy hörte sie die Stimme ihrer Freundin Lila. Von ihrer gemütlichen, warmen Wohnung in Seattle aus versuchte sie, Jenna auf der Fahrt ein bisschen Gesellschaft zu leisten. Im Augenblick war sie jedoch eher eine Ablenkung.

„Tut mir leid, ich muss mich auf die Straße konzentrieren. Es wird immer glatter. Ich hatte nicht damit gerechnet, ausgerechnet in Texas in einen Eissturm zu geraten." Um gegen ihre niedergeschlagene Stimmung anzukämpfen, lächelte sie in die Dunkelheit hinein. Es war eine Tatsache, dass Lächeln guttat. Angeblich sollte es die Stimmung heben, wenn man nicht sonderlich glücklich war. Doch auf diese Wirkung wartete sie noch.

„Ist es schlimm?"

„Ja, aber ich komme schon klar." Sie meinte damit nicht nur die glatten Straßen, sondern auch ihr Leben im Allgemeinen.

„Das ist ein Zeichen", bemerkte Lila. „Dreh um und komm zurück. Ich verstehe immer noch nicht, warum du so schnell das Handtuch geworfen und deine Sachen gepackt hast. Mason kommt zurück, und das weißt du. Er ist verrückt nach dir. Er wird bald begreifen, dass er nur kalte Füße bekommen hat und dich immer noch heiraten will."

„Selbst wenn, will ich das nicht noch einmal durchmachen müssen. Lila, er hat mein Vertrauen verloren. Und zu wissen, dass alle im Büro mitbekommen haben, dass er mich abserviert hat … das macht alles noch peinlicher." Es war demütigend gewesen. Und dann hatte er von ihr erwartet, dass sie am nächsten Tag ins Büro kam, als wäre nichts passiert. Als wären sie und ihr Boss nicht in einer Beziehung gewesen, von der sie geglaubt hatte, dass sie eine Zukunft hatte. Eine Beziehung, die er beendet, und eine Zukunft, die er vernichtet hatte. Allein der Gedanke daran machte sie wütend. Warum war sie so blind gewesen?

Weil du blind hast sein wollen.

Sie verzog das Gesicht. Manchmal hasste sie es, wenn die Stimme in ihrem Kopf die Wahrheit sagte. Doch sie war ein bisschen spät dran, ihr die Wahrheit zu sagen, und das ließ sie diese scheinheilige Stimme in ihrem Kopf noch mehr hassen.

Lila seufzte vom anderen Ende des Kontinents. „Auch wieder wahr. Tut mir leid. Aber was soll ich hier machen, wenn ich ins Büro gehe und du nicht da bist?"

„Du kommst schon zurecht. Wenn du mich

brauchst, bin ich ja nie weiter als einen Anruf entfernt. Aber nur für dich, sonst für niemanden." Als ihre Assistentin wusste Lila über all ihre Designs Bescheid. *Ehemalige Assistentin,* erinnerte sich Jenna. Sie hatte es vorgezogen zu kündigen, anstatt weiter mit Mason zusammenzuarbeiten.

„Da bin ich mir nicht so sicher. Ich bin noch nicht so weit wie du."

„Betrachte es als Gelegenheit, Eindruck zu machen. Bring meine Projekte zum Abschluss und beweise ihnen, dass du bereit bist, Verantwortung zu übernehmen, denn das bist du. Ich habe Mason gesagt, dass du dazu in der Lage bist. Er hat nicht damit gerechnet, dass ich kündige, und ich glaube, er hat sich mehr Sorgen um die Projekte gemacht, als um mich, nachdem er unsere Verlobung beendet hat." Auch dieser Gedanke machte sie wütend.

„Ich will deinen Job nicht. Da würde ich Magengeschwüre bekommen." Lilas Stimme lenkte sie von ihren wütenden Gedanken ab. „Davon abgesehen hat er dir Unrecht getan, und das macht mich wütend."

Die Reifen verloren erneut die Haftung, und Jenna

schloss die Finger fester ums Lenkrad. „Lila, ich habe gekündigt, weil ich nicht mehr mit ihm arbeiten kann. Wenn er schlau ist, bietet er dir eine Beförderung und meinen Job an. Nimm ihn. Bitte fühl' dich nicht verpflichtet, dir aus Loyalität mir gegenüber diese Karrierechance entgehen zu lassen."

„Es gefällt mir einfach nicht."

Warum liegt Ransom Creek am Ende der Welt? Sie hatte ihrer Tante Sally Ann gesagt, dass sie kein Interesse daran hatte, in einem Kaff mit schlechtem Handyempfang zu leben. Doch ihre Tante hatte immer darauf bestanden, dass sie es lieben würde, wenn sie nur bereit war Ransom Creek eine Chance zu geben. Das würde ganz sicher nicht passieren, doch sie hatte einen Ort gebraucht, an dem sie sich entspannen konnte.

An dem du dich verstecken kannst – korrigierte die lästige Stimme. Nein, ihre Tante hatte sie gebraucht. Sie hatte sie letzte Woche angerufen und Jenna um einen Rat für das Marketing ihrer Pension und ihres Antiquitätenladens gebeten – oder Trödelladens, wie ihre Tante ihn nannte. Jenna hatte ein schlechtes

Gewissen gehabt, als sie ihrer Tante gesagt hatte, dass sie keine Zeit hatte, zu kommen und sich alles anzusehen. Doch sie hatte versprochen, sich von Seattle aus etwas einfallen zu lassen.

Jetzt hatte sie Zeit, und darum war sie auf dem Weg nach Ransom Creek – um ihrer Tante zu helfen.

Um dich zu verstecken.

Sie ignorierte die Stimme. Sie hatte einen Ort gebraucht, an den sie nach der Trennung für ein paar Wochen verschwinden konnte, und Tante Sally Ann brauchte sie. Es war die perfekte Zeit, um ihre Tante zu besuchen.

„Bist du noch da?", knisterte Lilas Stimme aus dem Lautsprecher, da die Verbindung immer schlechter wurde.

„Ich bin noch da, aber ich fürchte, dass ich gleich in ein Funkloch fahre. Außerdem sollte ich mich auf die Straße konzentrieren, bevor ich noch im Graben lande. Fühl dich umarmt. Ich ruf dich morgen an."

„Was? Hast du morgen gesagt?"

„Ja." Im nächsten Moment piepste das Belegtzeichen aus dem Hörer. In genau diesem

Moment verloren ihre Reifen auf einer vereisten Pfütze den Halt, und ihr Wagen geriet ins Schleudern.

Sie versuchte verzweifelt, die Kontrolle und den Wagen auf der Straße zu halten, doch nachdem er sich mehrmals um die eigene Achse gedreht hatte, rutschte er in den Straßengraben.

Einen Sekundenbruchteil später versetzte ihr dann auch noch der Airbag einen rechten Haken.

Der Wind heulte und brachte den Truck mit dem Trailer ins Schlingern, als Shane Presley die Landstraße entlang zur Ranch seiner Familie fuhr. Er hatte eine Ladung Vieh bei einer Auktion ersteigert und hatte für die Rückfahrt nicht mit einem Eissturm gerechnet. Das Wetter in Texas war so unberechenbar, wie es nur ging. Er spähte durch die Windschutzscheibe und erstarrte, als auf der entgegenkommenden Spur ein Auto ins Schleudern geriet.

Er bremste ab, bereit, in den Straßengraben zu fahren, falls der Fahrer die Kontrolle nicht zurückerlangte. Doch stattdessen war der andere Wagen im Graben gelandet.

Bei diesem Wetter war das keine Überraschung. Vereiste Straßen waren in Texas eine Seltenheit, und viele konnten nicht damit umgehen. Er hoffte nur, dass die Leute im Wagen unverletzt waren. Er hielt an und eilte vom Truck über das vereiste Gras zur Unfallstelle. Es war der kälteste Dezember seit langem, und er hatte schon von zahlreichen Unfällen auf der Interstate gehört, doch der Zustand der Landstraßen war noch viel schlimmer, da sie einfach noch nicht dazu gekommen waren, sie zu streuen. Als er das Auto erreichte, riss er die Fahrertür auf. Im Licht der Scheinwerfer seines Trucks waren strahlendblonde Haare das erste, was er sah.

„Sind Sie okay?", fragte er. Als sich die Fahrerin ihm zuwandte, verlor Shane den Faden. Große, blassblaue Augen. Ein benommener Blick, der ihm Sorgen machte. „Ma'am, sind Sie okay?"

„Mein Kopf tut weh, nachdem mir der Airbag einen rechten Haken verpasst hat, aber ich glaube, ich bin okay." Sie blinzelte angestrengt.

„Vielleicht sollte ich Sie mir genauer ansehen – ich meine, um sicherzugehen, dass Sie unverletzt sind." Er konnte den Blick nicht von ihr abwenden und ging zwischen offener Tür und Fahrersitz in die Hocke.

„Sie haben da eine kleine Platzwunde." Er hob seine Hand und berührte ihre Wange, wo er die Wunde sah. Als er ihre weiche Haut spürte, begann sein Puls ungleichmäßig zu pochen. Irritiert von seiner Reaktion auf diese Frau, legte er vorsichtig die Finger unter ihr Kinn und betrachtete ihre zierliche Nase, aus der ein dünnes Rinnsal Blut kam. „Der Airbag ist Ihnen direkt ins Gesicht explodiert, sagen Sie?"

Sie runzelte die Stirn. „Ja." Sie berührte ihre Nase und zuckte zusammen. „Au. Sieht meine Nase aus, als wäre sie gebrochen?"

Er hätte beinahe geschmunzelt, doch da er wusste, wie furchteinflößend die Situation für sie war, verkniff er es sich. „Sie ist nicht krumm, wenn Sie das meinen. Das Ding hat Sie ordentlich erwischt, aber ich bin froh, dass nicht mehr passiert ist. Tut's arg weh?"

„Schon, aber das wird schon wieder. Danke, dass Sie angehalten haben. Wie heißen Sie bitte?"

„Shane Presley. Sie sind gerade an meiner Ranch vorbeigefahren. Ich bin mit einer Ladung Vieh auf dem Weg zurück nach Hause. Ich verspreche, ich bin einer von den Guten. Sie müssen keine Angst haben."

„Das dachte ich auch nicht." Sie rieb sich die Stirn, und ihre hübschen Augen glänzten im Licht. „Was gut ist, denn ich würde gerne aus diesem Straßengraben rauskommen. Raus aus der Kälte und zum Haus meiner Tante."

„Wer ist Ihre Tante?"

„Sally Ann Riggs. Ihr gehört der Trödelladen im Ort. Und wir können uns wirklich duzen, ganz so alt, dass wir uns siezen müssten, sind wir ja noch nicht."

Das war Sally Anns Nichte? „Ich kenne Sally Ann. Sie hat gesagt, dass du kommen würdest. Hat mir und meinen Brüdern das Versprechen abgenommen, vorbeizukommen und uns dir vorzustellen." Alle hatten sofort gewusst, dass Sally Ann einen von ihnen mit ihrer Nichte verkuppeln wollte. Er war nicht sonderlich begeistert gewesen von der Aussicht, doch jetzt hatte sie seine volle Aufmerksamkeit.

Sie verzog den hübschen Mund. „Presley. Hätte

ich gleich wissen sollen."

Er runzelte die Stirn. „Was meinst du?"

„Du bist einer der ‚gutaussehenden Cowboy-Adonisse', wie meine Tante euch immer nennt, wenn sie von dir und deinen Brüdern redet. Fünf Bruder, nicht wahr?"

Er lachte. „Ja, fünf. Ich weiß ja das Kompliment deiner Tante zu schätzen, aber du siehst nicht sonderlich beeindruckt aus."

„Mir ist kalt. Und mir brummt der Schädel. Und was alles andere angeht, würde ich im Augenblick lieber die Aussage verweigern. Meinst du, du könntest mich aus dem Straßengraben ziehen oder mich zum Haus meiner Tante bringen?"

„Ich bringe dich zum Haus deiner Tante, und dann komme ich zurück und kümmere mich um den Wagen. Nimm mit, was du brauchst, oder sag mir was, dann hole ich es."

Sie drückte einen Knopf und der Kofferraum sprang auf. Er wartete, während sie ihre Jacke und ihre Handtasche nahm. Dann stand er auf und reichte ihr die Hand, um ihr beim Aussteigen zu helfen. Es graupelte jetzt stärker, und er wollte nicht, dass sie ausrutschte, vor allem, als er ihre Schuhe sah. Die Absätze ihrer hochhackigen Stiefel sahen eher wie Eispickel aus. Lange Eispickel.

„Willst du wirklich mit den Stiefeln auf dem Eis laufen?" Der eisige Wind nahm ihnen fast den Atem. Sie musste am Erfrieren sein.

„Ich werd's versuchen. Ich habe nicht mit einem Jahrhundertsturm gerechnet, als ich aus dem Flugzeug gestiegen bin."

Er hielt ihre Hand fest. Sie war kalt, doch eine angenehme Wärme erfüllte ihn. Er schluckte, ein wenig beunruhigt angesichts seiner Reaktion auf sie. „Ganz langsam", sagte er, als sie den ersten Schritt ging.

Sofort rutschte sie auf dem mit Eis überzogenem Gras aus.

„Oh!", keuchte sie, ihre Stimme so wackelig wie ihre Knöchel. Sie klammerte sich an seine Hand, während sie sich mit der anderen an der Tür festhielt. Hätte er sie nicht gehalten, wäre sie sicher gestürzt.

„Das könnte schwierig werden", murmelte sie,

atemlos im kalten Wind.

„Das kannst du laut sagen." Sie sahen einander an. Im Licht der Scheinwerfer seines Trucks wirkten ihre Augen beinahe silbern.

„Soll der Sturm lange anhalten?"

„Vielleicht. Es soll ein harter Winter werden. Doch nachdem wir die letzten paar Winter kaum Frost gehabt haben, brauchen wir die Kälte. Dabei gehen hoffentlich die meisten Mücken drauf, die uns und dem Vieh auf die Nerven gehen. So unangenehm das Eis jetzt auch sein mag, wir sind froh drum."

Sie biss sich auf die Lippe. „Dann kommt in meinem Auto warten, bis die Sonne rauskommt und das Eis taut, wohl nicht in Frage."

„Nein, nicht wirklich."

„Okay, dann sollten wir besser losmachen, denn mit diesen Absätzen brauche ich womöglich sowieso bis zum Frühling, bis ich zu deinem Truck komme."

Er lachte. „Nein, Ma'am, das wirst du nicht." Dann hob er sie hoch, als wäre sie federleicht. Erschrocken schlang sie die Arme um seinen Hals und quietschte.

„Was machst du da?"

„Dich aus der Kälte bringen, bevor wir uns noch beide eine Lungenentzündung einhandeln."

„Oh, wenn du meinst, dass du mich durch diesen Mist tragen kannst?"

Er lächelte und spürte ein Zucken in seiner Brust, als er sie aus der Nähe ansah. „Ich habe mehr Kälber geschleppt, als du dir vorstellen kannst– durch schlimmeres Wetter als das hier – und wir haben alle überlebt." Er ging vorsichtig los, um nach dieser selbstbewussten Bemerkung nicht auf seinem Allerwertesten zu landen. Doch selbst durch seine dicke und ihre viel zu dünne Jacke hindurch genoss er, wie sie sich in seinen Armen anfühlte. Er musste ihr auch zugutehalten, dass sie sich an ihm festhielt, ohne ihn zu erwürgen, nicht, dass ihm das in diesem Moment viel ausgemacht hätte. Und sie sagte nichts, sondern erlaubte ihm, sich darauf zu konzentrieren, sicher zum Truck zu kommen.

Die Graupel peitschte ihr gegen die Wange, und sie verbarg ihr Gesicht an seinem Hals, um sich zu schützen. Nach ein paar Schritten hatte er es auf die nicht minder rutschige Straße geschafft und kam zu dem Schluss, dass es besser war, sie von der Fahrerseite in den Truck einsteigen zu lassen, als zu riskieren, dass beide doch noch auf dem Hinterteil landeten. „Du kannst die Armlehne hochklappen, dann kannst du auf die Beifahrerseite durchrutschen. Ich will vermeiden, dass wir uns noch beide den Hals brechen." Er setzte sie auf den Fahrersitz.

Sie lachte. „Das schaffe ich gerade noch. Danke."

Er tippte sich an den vereisten Hut. „Gern geschehen. Jetzt wärm dich erstmal auf, während ich deinen Koffer hole."

Er schloss die Tür und ging vorsichtig zurück zu ihrem Kofferraum, um ihren Koffer zu holen, der eine gefühlte Tonne wog. *Was hat sie nur in diesem Ding?*

Er trug ihn zu seinem Truck und wuchtete ihn auf die Ladefläche. Die Kühe muhten in ihrem Anhänger, schienen aber sonst in Ordnung zu sein.

„Tut mir leid, dass dein Vieh meinetwegen länger in der Kälte sein muss als geplant. Die Armen tun mir leid."

„Müssen sie nicht. Die haben eine dicke Haut und

kauern sich aneinander, die frieren schon nicht."

„Wenn du das sagst."

„Es ist wirklich so." Als er losfuhr, warf er ihr einen Blick zu. „Geht's dir gut?"

„Ich denke schon. Mein Kopf tut weh, aber ich sollte dankbar sein, dass ich mir nicht die Nase gebrochen habe."

„Wahrscheinlich schon. Ein paar blaue Flecke dürftest du morgen früh aber wahrscheinlich schon haben."

„Damit kann ich leben."

„Was bringt dich eigentlich nach Ransom Creek? Deine Tante hat erzählt, dass du dich verlobt hast. Keiner hat danach damit gerechnet, dass du herkommen würdest."

„Ich … dachte einfach, dass es an der Zeit war, sie zu besuchen. Sie hat mir schon so lange damit in den Ohren gelegen, dass es einfach sein musste."

Sie schien ein bisschen nervös auf ihrem Sitz herumzurutschen, doch da er das Licht in der Wageninneren ausgeschaltet hatte, konnte er es im fahlen Licht des Armaturenbretts nur erahnen. Er spürte, dass mehr an der Geschichte dran war, kam jedoch zu dem Schluss, dass es ihn nichts anging. „Ich würde nur gerne schnell zur Ranch fahren und den Anhänger abkoppeln, wenn es dir nichts ausmacht.”

„Natürlich, bitte tu, was nötig ist. Ich bin dankbar, dass du mich mitnimmst. In der Zwischenzeit kann ich versuchen, meine Tante anzurufen, und ihr sagen, was passiert ist. Da hinten hatte ich keinen Empfang.”

„Das passiert hier öfter, besonders bei schlechtem Wetter.”

Er fuhr den Anhänger rückwärts an einen Pferch heran, um das Vieh herauszulassen. „Bin gleich wieder da.” Er ging hinaus in den Sturm, der ihm sofort die Graupel ins Gesicht peitschte. Ein paar Minuten später stieg er wieder ein. Sein Puls begann sofort zu pochen, als sich ihre Blicke begegneten. Diese Frau hatte eine unerwartete Wirkung auf ihn. „Hast du Sally Ann erreicht?”

Einen Moment lang sagte sie nichts, sondern starrte ihn nur an. Dann blinzelte sie und runzelte die Stirn. „Ja, und sie war unglaublich erleichtert, dass du mich gefunden hast.”

Da war er sich sicher. Sally Ann war die beste Freundin seiner Tante Trudy, und wenn sie es schaffen würde, ihre Nichte mit ihm oder einem seiner Brüder zu verheiraten, ginge ihr Traum in Erfüllung. Das einzige Problem war, dass Jenna verlobt war – auch wenn er keinen Ring an ihrem Finger sah.

„Da bin ich froh. Dann lass uns dich mal zu ihr bringen."

„Danke. Ich fürchte, die Straßen werden eher schlechter als besser. Glaubst du, dass es sicher ist?"

Machte sie Witze? „Ich werde dich ganz sicher nicht wieder bei deinem Wagen absetzen, nur damit ich nicht auf den vereisten Straßen fahren muss. Wenn du dir Sorgen machst, dass etwas passieren könnte, kannst du gerne bei uns übernachten. Mein Dad ist auch da und er würde dir, ohne mit der Wimper zu zucken ein Zimmer anbieten. Doch nachdem dich deine Tante so lange bearbeitet hat, herzukommen, will ich dich nicht länger als nötig von ihr fernhalten. Ich freue mich schon drauf, derjenige zu sein, der sie glücklich macht, weil ich dich zu ihr bringe."

Sie sah ihn nachdenklich an. „Da hast du Recht.

Und ich muss zugeben, dass ich es auch nicht erwarten kann, sie zu sehen."

„Dann machen wir das so, und ich bin der Held des Abends." Er beobachtete, wie ihre Augen im fahlen Licht aufleuchteten. Dieses seltsame Gefühl von vorhin rührte sich wieder in seiner Brust. Sie war verlobt, darum war sie tabu, doch er konnte die Anziehung, die von ihr ausging, nicht leugnen. Doch das war alles unwichtig, dachte er und verdrängte seine Enttäuschung. Sie war nun einmal verlobt. *Hatte er sie noch alle?*

„Mein Held bist du auf jeden Fall. Hat nicht vor Kurzem erst einer deiner Brüder geheiratet?"

„Ja, Cooper. Er und Beth haben vor drei Monaten geheiratet. Wann bist du dran?" Er konzentrierte sich auf die Straße und fluchte innerlich, denn die Frage war ihm einfach so herausgerutscht. Es interessierte ihn zu sehr. Davon abgesehen, wenn es ein Hochzeitsdatum gab, dann war sie definitiv keine freie Frau mehr, für die er sich interessieren durfte. *Typisch für sein Glück, da spielte er den Ritter und dann war die Frau tabu.*

„Also, ähm… wir haben noch kein Datum festgelegt."

Die Tatsache, dass ein Mann dieser hübschen Blonden einen Antrag gemacht aber noch kein Datum festgelegt hatte, ließ ihn am Verstand dieses Mannes zweifeln. „Hat er sie nicht mehr alle?", fragte er ziemlich unverblümt, denn der Gedanke kam ihm einfach nur falsch vor.

„Was meinst du?", lachte sie überrascht.

„Genau das. Stimmt was nicht mit deinem Verlobten? Ich meine, wenn er dir schon einen Ring an den Finger gesteckt hat, dann sollte er doch auch ein Datum festlegen. Aber andererseits sehe ich keinen Ring, weswegen ich mich wirklich fragen muss, ob der Junge nicht ein paar Schrauben locker hat." Er riskierte einen schnellen Blick in ihre Richtung und sah einen Anflug von Ärger in ihren faszinierenden Augen, bevor er sich wieder auf die Straße konzentrierte.

„Nicht, dass es dich etwas anginge, doch ich habe vergessen, meinen Ring anzustecken, bevor ich zum Flughafen gefahren bin. Und Mason ist ein *sehr* intelligenter Mann."

„Sehr? Wenn du meinst." Er schnaubte ein wenig irritiert. *Warum stellte er ihr solche Fragen?* Es ging ihn wirklich nichts an. Dennoch konnte er sich eine letzte Bemerkung nicht verkneifen: „Darüber lässt sich streiten."

Er spürte ihren finsteren Blick in der Dunkelheit, ohne die Augen von der Straße nehmen zu müssen. Er hätte es ihr nicht verdenken können, wenn sie ihn für diese unverschämte Bemerkung geohrfeigt hätte. Doch vielleicht hatte er sich genau diese Reaktion erhofft? Vielleicht musste jemand ihm Verstand einbläuen, denn ganz egal, wie er es drehte oder wendete, er fühlte sich zu Jenna Emory hingezogen. Und er wünschte, dass sie ein paar Monate früher hierhergekommen wäre – bevor jemand ihr den unsichtbaren Ring an den Finger gesteckt hatte.

KAPITEL ZWEI

Als Shane Presley mit seinem Pickup auf den Parkplatz hinter der Pension ihrer Tante einbog, wollte sie nur noch aus dem Wagen springen. Der attraktive Cowboy machte sie nervös. Er sah so gut aus, dass er sie ganz durcheinanderbrachte. Sie hatte nicht vor, jemandem zu erzählen, dass sie und Mason die Verlobung gelöst hatten. Naja, ganz stimmte das nicht. Mason hatte eine „Auszeit" gewollt. Sie hatte die Verlobung für null und nichtig erklärt. Doch wie man es auch drehte oder wendete, es war aus zwischen ihnen. Doch wenn ihre Tante Wind davon bekam, dass sie wieder Single war, könnte sie sich vor

Kuppelversuchen nicht mehr retten. Davon abgesehen würde sie wieder anfangen, Jenna zu bearbeiten in ihr Geschäft einzusteigen, damit sie es irgendwann übernahm. Ohne eigene Kinder, denen sie sie vererben konnte, wollte sie die Pension und den Laden Jenna hinterlassen. Doch Jenna hatte keinerlei Interesse an einer Pension oder einem Trödelladen in Texas. Besonders nicht mitten im Nirgendwo.

Das Problem war, wenn Shane schon ihren nackten Finger bemerkt hatte, dann würde Sally Ann ihn erst recht bemerken. Sie würde bei der Geschichte bleiben müssen, dass sie vergessen hatte, ihn anzustecken, bevor sie zum Flughafen gefahren war. Die war plausibel.

Die Tatsache, dass es eine Lüge war, nagte an ihr, doch sie ignorierte das Gefühl. Sie hatte schon genug um die Ohren ohne die Kuppelversuche ihrer Tante. Sie war zwar bisher nicht sonderlich erfolgreich gewesen, was Männer oder die Wahl ihres künftigen Ehemannes anging, doch das bedeutete nicht, dass ihre Tante sich da einmischen musste.

Ganz egal, wie gutaussehend die Männer waren,

die sie für Jenna ins Auge gefasst hatte. Doch wenn alle von Shanes Brüdern auch nur annähernd so gut aussahen wie er, dann hatte ihre Tante nicht übertreiben, wenn sie von ihnen geschwärmt hatte – und das war so ziemlich bei jedem Telefonat gewesen.

„Da ist Tante Sally Ann. Auf der Veranda. Gott, ich hoffe, dass es nicht glatt ist." Sie hielt den Atem an, als ihre Tante bei der Treppe stehenblieb und wartete. Sie trug einen Bademantel, der knapp über ihren Cowboystiefeln endete.

„Keine Sorge. Sally Ann ist tough. Sie hat sicher erst angetestet, ob es glatt ist, bevor sie rausgekommen ist. Und der Wind kommt aus der anderen Richtung, das Dach dürfte also das meiste abhalten. Die Stufen sind allerdings eine andere Geschichte, aber ich gehe mal davon aus, dass sie nicht runter kommt."

„Das hoffe ich doch."

Er parkte den Truck, und sie öffnete die Tür. Er legte seine warme, starke Hand auf ihren Oberarm. „Warte bitte auf mich. Deine Stiefel sind hier nicht besser als auf der Landstraße."

Sich jetzt noch irgendwelche Knochen zu brechen,

hatte sie nicht vor. „Oh ja, daran habe ich schon gar nicht mehr gedacht."

Er ließ sie wieder los, stieg aus, und eilte vornüber gebeugt durch die Graupel. Er winkte ihrer Tante zu, als er um den Truck herumkam, dann öffnete er ihr die Tür.

„Und auf geht's." Er nahm ihre Hand und half ihr beim Aussteigen.

Sie würde nicht ausrutschen. Sie würde nicht – „Ups!" Sie quietschte, als ihr Absatz abrutschte, trotz ihrer Entschlossenheit, sich nicht zu blamieren.

Mit einem starken Arm um ihre Taille fing er sie auf und hielt sie fest an seine Hüfte gepresst. „Ich hab dich."

Sie legte eine Hand auf seine Brust und blickte zu ihm auf. Ihr Herz pochte wild, und es hatte nichts damit zu tun, dass sie beinahe auf dem Hinterteil gelandet wäre.

„Bist du okay?", fragte er sanft.

Sie nickte, doch die fürsorgliche Frage beunruhigte sie nur noch mehr. „Ja, danke."

Mit seinem Arm fest um ihre Taille machten sie

sich auf dem Weg zum Haus.

„Danke dir, dass du mein Mädchen gerettet hast", rief Sally Ann und streckte die Hände nach ihnen aus, als sie auf sie zukamen.

„Gern geschehen." Shane blieb am Fuße der Treppe stehen.

„Hi, Tante Sally Ann." Jenna stand wackelig auf ihren hohen Absätzen, darum hielt Shane sie weiter fest. Er würde sie nicht fallen lassen, und zwischenzeitlich vertraute sie vollkommen darauf. „Er hat mir wirklich das Leben gerettet. Eins habe ich auf jeden Fall gelernt, High Heels aus New York und texanische Eisstürme passen nicht gut zusammen."

Sally Ann lachte. „Das kann ich sehen. Aber es macht das Gehen auf dem Eis viel angenehmer, wenn man es in Shanes Arme gekuschelt tut."

Da war es schon. „Ja, da muss ich wohl zustimmen." Zu spät bemerkte sie, dass sie den Gedanken laut ausgesprochen hatte. „Ich meine, er hat mir sehr geholfen." Sie spürte, dass er leise in sich hinein lachte und entschied, dass es Zeit war, allein auf ihren Füßen zu stehen, doch sie löste sich ein wenig zu abrupt von ihm. Dummerweise reichte das, um den Halt auf dem Eis zu verlieren. Sie hätte einen wenig damenhaften Spagat hingelegt, wenn er sie nicht ganz schnell gepackt hätte. Ihre Rutschpartie endete mit dem Kopf an seinem harten Bauch und ihren Händen an seinem Gürtel, nach dem sie reflexartig gegriffen hatte, als sie den Halt verloren hatte.

„Gott, wie peinlich", brachte sie heraus, als sie aufblickte – immer noch mit der Wange an seinem Bauch und ihrem Kinn über seiner Gürtelschnalle. Es tat weh, doch am meisten hatte ihr Stolz gelitten, und das Lachen ihrer Tante half auch nicht gerade.

Lachfältchen tanzten um seine Augen, als er sie an den Armen festhielt. „Ein ganz kleines bisschen. Hilfe gefällig?"

Sie nickte, wobei sich seine Gürtelschnalle tiefer in ihr Kinn grub. Sie war erleichtert, als er sie hochzog. Als sie wieder zu stehen kam, war ihr Körper immer noch gegen ihn gepflastert und ihre Gesichter waren nah, zu nah. In diesem Augenblick nahm sie um sich herum nichts wahr außer Shane Presley. Er starrte sie an, dann wanderte sein Blick zu ihren Lippen. Sie dachte – hoffte – einen Moment lang, dass er sie küssen würde. Ihr Puls schlug schneller bei dem Gedanken, und sie konnte den Blick nicht abwenden.

„Seid ihr zwei fertig mit Glotzen? Es ist kalt", kicherte ihre Tante.

Shane blinzelte. Er runzelte ulkig die Stirn, dann hob er sie hoch und setzte sie vorsichtig auf der Veranda ab, ohne selbst einen Fuß auf die Treppe zu setzen.

Nach dem Totalverlust ihrer Würde holte sie tief Luft und strich ihre Jacke glatt, während sie um Fassung rang.

„Willst du in einem der Zimmer übernachten, Shane? Es sieht ziemlich übel aus da draußen."

Die Frage ihrer Tante brachte sie zurück in die Realität. „Sie hat Recht. Es wird immer schlimmer." Sie sah sich um und war sich jetzt des Wetters bewusst und nicht nur des Mannes vor ihr, in dessen Augen sie sich gerade eben noch verloren hatte.

Er warf einen Blick gen Himmel, sah sie kurz mit seinen unglaublich grünen Augen an und wandte sich ihrer Tante zu. „Danke für das Angebot, aber ich muss zurück. Ich fahre vorsichtig. Und wenn ich irgendwo steckenbleibe, habe ich wenigstens einen Grund, meine Brüder aus dem Bett zu schmeißen."

Sally Ann lächelte. „So wie ich euch Jungs kenne, würde es mich nicht wundern, wenn du sie so oder so rausklingelst."

„Nein, ich doch nicht."

„Oh ja, du."

Er lachte, dann tippte er mit dem Zeigefinger an seinen eisbedeckten Stetson. „Ruft mich an, wenn ihr irgendwas braucht. Und, Jenna, deinen Wagen holen wir morgen, mach dir deswegen keine Sorgen."

Sie holte die Autoschlüssel aus ihrer Tasche und reichte sie ihm. „Danke. Bitte fahr vorsichtig." Etwas Besseres fiel ihr nicht ein. Die Worte klangen zittrig, denn es war bitterkalt – ein Umstand, den sie jetzt erst bemerkte.

„Ich bringe dir noch schnell deinen Koffer", sagte er und ging zurück zum Truck. Er brachte ihn zur Haustür und verabschiedete sich mit einem Nicken. Sie blickte ihm nach und beobachtete, wie die Graupel an seiner Wachsjacke hinunterrutschte. *Wie kann es so spiegelglatt sein, und er sah aus, als wäre alles ganz normal.*

„Ein feiner Mann", schmachtete Sally Ann neben ihr. „Und Single noch dazu."

Sie atmete tief durch. „Ich bin nicht auf dem Markt, Tante Sally Ann." Sie legte ihren Arm um die Schultern ihrer Tante. „Schön, dich zu sehen. Und jetzt lass uns reingehen."

„Okay. Aber drinnen musst du mir dann von diesem Stadtjungen erzählen, der dir einen Ring angesteckt und mir meine Träume für dich gestohlen hat."

Ein eisiger Schauer lief ihr über den Rücken – und es lag nicht an der Kälte. Beklommen folgte sie ihrer Tante in die Pension.

Ihr nicht von der Trennung zu erzählen, würde nicht leicht werden.

Nach einer langsamen Fahrt nach Hause trat Shane durch die Hintertür. Er blieb in der großen Dreckschleuse stehen und zog seine Jacke und seine

Stiefel aus, bevor er in die Küche ging, die zum Wohnzimmer hin offen wahr. „Hey, Sohn, ich habe den Eintopf für dich auf dem Herd stehen lassen, für den Fall, dass du zurückkommst. Ich wusste nicht, was los war, als du das Vieh abgeladen hast und nochmal losgefahren bist."

Sein Magen knurrte, darum hob er den Deckel vom Topf. Seine Gedanken wanderten sofort zu der komischen Situation, als Jenna beinahe gefallen wäre und sich an seinen Gürtel geklammert hatte. Sie wäre vor Scham am liebsten im Boden versunken. Er musste lächeln. „Ich hatte noch jemanden im Truck. Das riecht wunderbar. Ich bin am Verhungern."

„Wen denn?" Sein Bruder Brice kam ins Zimmer und stellte die Frage, bevor sein Dad Gelegenheit dazu bekam.

Zur Zeit lebten außer seinem Vater nur noch er und Brice im Haus – und Vance, wenn er nicht gerade von einem Rodeo zum nächsten unterwegs war. Doch Shane hatte gerade angefangen, eines der anderen Häuser auf der Ranch zu renovieren, und wollte dort einziehen, sobald er fertig war.

Er konzentrierte sich darauf, eine Suppenschale aus dem Schrank zu holen, und warf seinem Bruder und seinem Vater nur einen kurzen Blick zu. „Sally Anns Nichte. Ihr Wagen ist auf dem Eis von der Straße abgekommen, und ich war gerade da, als es passiert ist."

„Da bin ich froh", sagte sein Dad. „Hat sie sich verletzt?"

„Nicht wirklich, doch mit den hohen Absätzen, die sie angehabt hat, hätte sie sich verletzt, wenn sie versucht hätte, allein auf dem Eis zu gehen. Stadtmenschen." Er schüttelte den Kopf und füllte den dicken Rindfleischeintopf in seine Schale.

Brice lehnte sich an den Küchentresen und beobachtete ihn. „Und wie war sie?"

„Fein." Wirklich fein.

„Alles, was du zu sagen hast, ist *fein*? Ist sie nett? Hübsch? Was?"

Sein Vater nahm ein Glas, hielt es unter den Eisspender und füllte es. „Wenn sie Ähnlichkeit mit Sally Ann hat, dann wette ich, sie ist sympathisch aber stur." Er schmunzelte, während er sich Eistee aus einem Krug eingoss und das Glas dann neben Shane auf den Tisch stellte.

„Danke." Shane schob sich einen Löffel Suppe in den Mund. Sie war noch zu heiß, darum schnitt er eine Grimasse. „Das trifft es perfekt. Und Brice, ja, sie war nett." Seine Gedanken wanderten zu den Momenten, in denen er sie in seinen Armen gehalten hatte.

„Gut zu wissen. Aber heißt *fein* auch, dass sie nett anzusehen war?"

Er verzog das Gesicht. „Sie ist nett, und sie ist hübsch. Fein eben, okay? Darf ich jetzt meine Suppe essen?"

Brice und sein Dad starrten ihn überrascht an, und er hätte sich am liebsten selbst für seine Reaktion geohrfeigt.

„Sie muss dir unter die Haut gefahren sein", grinste Brice. „Muss sie mir wohl man ansehen, wenn sie so hübsch ist."

„Mach nur", murmelte er, schob sich einen weiteren Löffel Suppe in den Mund und bemühte sich, so zu tun, als interessierte es ihn nicht.

Sein Vater, der die Anspannung spürte, schüttelte

den Kopf. „Ich glaube, ich gehe lieber in mein Büro und lasse euch zwei das alleine ausfechten." Er grinste, dann ging er.

Shane aß weiter. „Ist richtig fies da draußen. Hast du dich um die Pferde gekümmert?"

„Ja. Sie haben jede Menge Heu und die trächtigen sind im Paddock bei der Scheune. Was ist mit dem neuen Vieh?"

Er schmunzelte. „Abgeladen und versorgt. Sieht aus, als hätten wir beide unsere Arbeit erledigt."

Brice grinste und verschränkte die Arme vor seiner Brust. „Hübsch, was? Model-hübsch, Mädchen-von-nebenan-hübsch, oder ich-kann-den-Blick-nicht-von-ihr-abwenden-hübsch? Ich wüsste gerne, was ich zu erwarten habe, bevor ich ihr den Hof machen gehe."

Sein Bruder versuchte, ihn zu provozieren. War es so offensichtlich, dass Shane interessiert war? Was hatte er nochmal über ihr Aussehen gesagt?

Sie war unaufdringlich schön, Typ Mädchen-von-nebenan, und doch hatte er noch nie eine schönere Frau gesehen. Etwas an ihr hatte ihn sofort fasziniert. Ihn magisch zu ihr hingezogen. Die Anziehung war so stark gewesen, dass sie ihn vollkommen verwirrt hatte.

Er fragte sich, ob es genauso sein würde, wenn er sie das nächste Mal wiedersah.

„Jetzt mal ohne Witz, es ist gut, dass du zufällig da warst und sie nicht allzu lang da draußen festgesessen hat. Wenn es so eisig ist wie heute Nacht, sind nicht viele Leute unterwegs. Sie hätte eine lange, kalte Nacht vor sich haben können."

Shane riss seine Gedanken von Jenna los. „Ja, das dachte ich mir auch. Sally Ann wusste allerdings, dass sie heute ankommen würde, darum hätte sie sicher Alarm geschlagen, wenn sie nichts von ihr gehört hätte." Er war davon überzeugt, dass Sally Ann den ganzen Ort aus den Betten geklingelt hätte.

Brice grinste und ging zur Kaffeemaschine, um sich eine Tasse voll einzugießen. „Ja, wir wären die ersten gewesen, die sie angerufen hätte, um nach ihr zu suchen. Sally Ann war richtig aufgeregt, dass sie kommt und Tante Trudy hat immer wieder gesagt, wie enttäuscht sie war, als sich ihre Nichte mit diesem Stadttypen verlobt hat, weil Sally Ann sich in den Kopf gesetzt hatte, dass sie herkommen und sich in einen von uns verlieben würde." Brice schmunzelte. „Das trifft einen Mann genau hier." Er klopfte sich mit der Faust aufs Herz. „Wenn man weiß, dass man im Fadenkreuz einer wildentschlossenen Kupplerin ist." Die Grimasse, die er schnitt, strafte seine Worte jedoch Lügen.

Shane lachte. „Ich versteh's schon. Sie hat ihre Hoffnung, dass einer von uns einmal in ihre Familie einheiraten würde, nicht gerade kundgetan. Aber ihre Nichte hat bestätigt, dass sie verlobt ist."

„Du hast sie *gefragt*?"

„Wir sind im Gespräch darauf gekommen", sagte er nur.

„Dann so viel zu meinem Plan, ihr den Hof zu machen. Ich dachte nur, dass die Hochzeit abgeblasen wurde, wenn sie herkommt."

„Du weißt selbst, dass du nicht an Heiraten interessiert bist."

Brice zuckte mit den Schultern. Seine Augen glitzerten. „Ich weiß. Aber aus irgendeinem Grund hatte ich das Bedürfnis, ein bisschen bei dir zu sticheln. Irgendwas hat mir gesagt, dass du Interesse an ihr hast."

„Sie ist verlobt."

„Jaja, das hast du gesagt. Glaubst du, dass Sally Ann nicht trotzdem versuchen will, sie einem von uns aufzudrücken?"

Er schnaubte. „Sicher nicht. Die Frau ist verlobt, und das wäre nicht recht. Sally Ann würde sowas nicht tun. Manchmal mag sie ja ein bisschen penetrant sein, aber eine Beziehung würde sie nicht kaputtmachen. Davon abgesehen, selbst wenn sie es versuchen würde, ich würde nie versuchen, bei einem verlobten Paar dazwischenzufunken. Du etwa?"

Brice schüttelte langsam den Kopf. „Auf gar keinen Fall. Wenn ich verlobt wäre, und jemand versuchen würde, bei mir dazwischenzufunken, würde das nicht gut ausgehen. Für mich ist ein Verlobungsring genauso bindend wie eine Ehe."

„Wo du Recht hast..." Andererseits war da kein Ring. *Doch was dachte er da?* Er war alles andere als bereit für eine Hochzeit. Er freute sich für Cooper, doch sein Leben war okay so, wie es war.

Zumindest für den Moment.

KAPITEL DREI

Die Pension war wirklich niedlich. Jenna erwachte in einem flauschig weichen Bett in einem rüschigen weiß-türkisblauen Zimmer. Es war hübsch eingerichtet mit alten Möbeln voller Charme und Charakter, manche in natürlichen Holzfarben, andere weiß gekalkt für einen Shabby Chic Look. Und dank eines Gaskamins in der Ecke war es wunderbar warm.

Tante Sally hatte wirklich ein Talent fürs Dekorieren. Das überraschte Jenna ein bisschen. Ihre Tante war immer eher eine Frischluftfanatikerin gewesen und hatte schon immer gerne auf Flohmärkten herumgestöbert – doch das Auge fürs Detail, das sie beim Einrichten der Pension bewiesen hatte, war ihr neu.

Sie setzte sich gähnend auf und versuchte, sich an den Gedanken zu gewöhnen, für ein paar Wochen in Ransom Creek unterzutauchen. Nichts gegen den kleinen Ort auf dem Land, doch sie wusste schon jetzt, dass sie froh sein würde, wieder in die Zivilisation zurückzukehren, sobald sie wusste, was sie als Nächstes tun wollte und wo. Im Augenblick wartete sie auf Stellenangebote.

Tante Sally Ann war so lieb gewesen, sie gestern Abend spät noch reinzulassen – glücklich, dass sie endlich hier war. Da es so spät gewesen war und beide gefroren hatten, hatte sie Jenna die übliche Fragerei erspart und ihr stattdessen ihr Zimmer gezeigt. Dort hatte sie sich dann erst einmal heiß geduscht, um sich aufzuwärmen, und dann in einen flauschigen Bademantel gewickelt die heiße Suppe und das Sandwich genossen, das ihre Tante ihr aufs Zimmer gebracht hatte.

Danach hatte sie tief und fest geschlafen, auch

wenn sie nicht geglaubt hatte, dass das möglich war. Sie war so überwältigt gewesen, nachdem sie mit Mason Schluss gemacht hatte und aus dem Restaurant gestürmt war. Danach hatte sie zu Hause nur schnell ein paar Kleider in einen Koffer geworfen und den nächstbesten Flug nach Texas genommen, ohne auch nur ein Auge zuzutun. Doch gestern Nacht hatte sie sich in das bequeme Bett gelegt und sich endlich entspannen können. Vielleicht lag es daran, dass sie sich nach den frostigen Temperaturen draußen so wunderbar aufgewärmt hatte. Ihre Gedanken waren zu Shane Presley und seinen lebhaften grünen Augen gewandert, die tief in ihre Seele zu blicken schienen. Er hatte sie so sanft gestützt und sie auf ihren Beinen gehalten, als er sie bei ihrer Tante abgeliefert hatte. Genau, wie er es versprochen hatte.

Mit diesen Gedanken an ihn war sie eingeschlafen.

Doch jetzt war es an der Zeit, diese Gedanken zu vertreiben. Sie ging nach unten, um sich einen Kaffee zu holen. Sie konnte das volle, köstliche Aroma bis hinauf in ihr Zimmer riechen. Es war, als riefe der Kaffee nach ihr. Und sie kam nur zu gern.

Tante Sally schob gerade eine Backform mit Zimtschnecken in den Ofen. Sie strahlte, als Jenna die Küche betrat.

„Guten Morgen, Sonnenschein. Gut geschlafen? Kaffee steht schon auf der Theke. Bedien' dich. Milch und Zucker sind auch da."

„Danke, und, ja, ich habe geschlafen wie ein Murmeltier. In dem Bett schläft man wie auf Wolken."

Sally Ann lachte. „Da bin ich ja froh, dass es dir gefällt. Mit den Betten ist das so eine Sache. Manche Leute mögen sie lieber weich, andere steinhart. Darum habe ich feste Matratzen, packe Rückstellschaumaufleger drauf und hoffe auf das Beste. Die meisten Gäste mögen es."

„Ich auch." Jenna rührte die Haselnussmilch in ihren Kaffee und lächelte ihre Tante an. Wenn sie sie als Kind hier besucht hatte, hatte sie auch immer für sie gebacken. Tante Sally Ann war eine fantastische Bäckerin. „Die sehen toll aus."

„Habe ich mich doch recht erinnert, dass du die magst. Ich habe zwar die nächsten Tage keine anderen Gäste hier, aber ich wollte für dich backen."

„Oh, für mich musst du keinen Aufwand betreiben. Kaffee reicht mir vollkommen. Aber heute werde ich deine Zimtschnecken ausgiebig genießen. Doch wenn ich die jeden Morgen essen würde, würden mir meine Hosen bald nicht mehr passen."

„Ich würde es ja leugnen, aber es stimmt. Wenn ich zu viel backe, verteile ich es lieber im Ort, sonst würden meine Jeans bald platzen. Aber lass uns heute mal genießen. Komm, setz dich."

Sie nahm ihren Kaffee zum Tisch mit, auf dem Blumen in einer hübschen rosa Glasvase standen. Das Geschirr war ebenfalls aus rosa Glas und passte perfekt zur Vase. Die Tischdecke war weiß mit winzigen rosa und fuchsiafarbenen Blüten. Die Wände der Küche waren cremeweiß gestrichen, was den perfekten Rahmen für das bunte Geschirr hinter den Glastüren der Küchenschränke bot.

„Die Pension ist wirklich hübsch. Ich kann's kaum erwarten, mir auch noch den Rest anzusehen. Und den Laden auch."

Sally Ann holte eine Schale frisches Obst aus dem Kühlschrank und stellte sie auf den Tisch. „Danke. Ich gebe mir Mühe. Es macht mir Spaß." Der Alarmton des Ofentimers schrillte, und sie ging hinüber und holte die köstlich duftenden Zimtschnecken aus dem Ofen. Schnell überzog sie sie mit Zuckerguss.

Jennas Magen knurrte. „Du machst mich fertig. Die duften himmlisch."

„Jupp." Sally Anns Augen glitzerten, als sie sie auf eine Kuchenplatte lud und zum Tisch brachte. „Sündig sind die", sagte sie und setzte sich.

„Dann werde ich gleich zur Sünderin."

Beide lachten und nahmen eine der großen Schnecken, bevor sie sich einen ersten, heißen, köstlichen Bissen genehmigten.

Begleitet von glücklichem Seufzen tranken sie ihren Kaffee und aßen ihre Schnecken. Nach einem weiteren Bissen hielt Jenna kurz inne. „Wenn du nicht eh schon alle Hände voll zu tun hättest mit dem Laden und der Pension, könntest du locker eine Bäckerei eröffnen."

„Daran habe ich auch schon gedacht, doch das würde mich zu sehr einspannen. So, wie es ist, macht es mir gerade Spaß. Aber ich bin auch froh, dass du gekommen bist, um dir anzusehen, ob dir das Leben hier draußen vielleicht gefallen könnte. Ich habe ja keinen Hehl daraus gemacht, dass ich mir gut vorstellen könnte, dich zur Partnerin zu machen und dir dann alles zu hinterlassen, wenn ich das Zeitliche segne."

„Ich weiß. Und ich fühle mich wirklich geehrt, aber ich kann nicht garantieren, dass ich bleiben werde. Ich lebe nun einmal gerne in der Stadt."

„Ich weiß. Aber zumindest bist du jetzt hier. Zumindest gibst du mir eine Chance. Ich war nur überrascht, dass du so plötzlich gekommen bist, jetzt, nachdem du dich verlobt hast. Ich dachte, mein Traum, dass du in mein Geschäft einsteigen könntest, hat sich erledigt, nachdem du deine Verlobung verkündet hast."

Jenna überlegte, was sie dazu sagen sollte. Das würde komplizierter werden, als sie geglaubt hatte. Was hatte sie sich nur gedacht? „Es ist ein bisschen kompliziert, aber ich habe ein schlechtes Gewissen, dass ich nicht früher gekommen bin. Wenn du mir schon eine solche Gelegenheit anbietest, bin ich dir zumindest einen Besuch schuldig. Und außerdem bin ich dir einen Besuch schuldig, weil du meine Tante bist. Und ein wahnsinnig lieber Mensch noch dazu."

So unverblümt Sally Ann auch war, sie wirkte gerührt. „Ich bin so froh, dass du da bist. Und dein Besuch verpflichtet dich natürlich zu nichts. Dass du bei mir einsteigst, ist einfach so eine Hoffnung. Ich liebe mein einfaches Leben so sehr, dass ich es gerne mit meiner einzigen Nichte teilen würde. Doch um ehrlich zu sein, wird das alles sowieso dir gehören, wenn ich mal nicht mehr da bin. Ob du es dann behalten oder verkaufen willst, bleibt dir überlassen. Jetzt freue ich mich aber erst einmal darüber, dass du hergekommen bist, um es dir anzusehen und Zeit mit mir zu verbringen."

Tiefer berührt, als sie es in Worte fassen konnte, drückte Jenna Sally Anns Hand. „Ich auch. Und danke, aber ich hoffe, dass du mir noch sehr, sehr lange erhalten bleiben wirst."

„Ich auch. Aber das entscheidet der Herr, nicht ich. Ich will nur darauf vorbereitet sein und meine geschäftlichen Angelegenheiten geregelt wissen. Mein Leben verläuft ja sowieso schon in geordneten

Bahnen." Sie lächelte und biss ein Stück von ihrer Zimtschnecke ab.

Jenna wandte sich ebenfalls wieder ihrem Frühstück zu. Sie musste ihr Leben in allen Bereichen wieder in geordnete Bahnen bringen. Seltsam, bis vor ein paar Tagen hatte sie geglaubt, sie hatte alles im Griff, alles unter Kontrolle, und dann war dem plötzlich nicht mehr so gewesen.

„Okay, wenn du dich angezogen hast – und keine Eile, du hattest gestern einen langen Tag, darum lass dir Zeit – kannst du mich drüben im Laden besuchen. Wenn dir danach ist, komm und sieh ihn dir an. Zum Mittagessen würde ich vorschlagen, dass wir ins Goodnight Café gehen. Trudy und Gertie wollen dich sicher kennenlernen. Und vielleicht ist Shane ja auch da. Was für ein gutaussehender Junge. Ich würde mich gerne noch einmal bei ihm dafür bedanken, dass er dich gerettet hat."

Der Gedanke, Shane wiederzusehen, jagte ihr einen Schauer über den Rücken. Mit dieser Anziehung hatte sie nicht gerechnet – und sie war gefährlich. Vielleicht war es nur eine Reaktion auf ihre Trennung.

Doch es war egal, was es war, sie hatte jetzt kein Interesse an irgendeinem Mann. Nein, diese Anziehung war nur das Mädchen in ihr, das ihr sagte, dass sie noch nicht tot war. Dass für sie noch Hoffnung bestand. Doch jetzt wollte sie nicht einmal daran denken.

Nach Jeans und dickem saphirblauem Pullover zog sie ihre beigen Wildlederstiefel mit flachen Gummisohlen an – jetzt war sie froh, dass sie sie noch im letzten Moment in den Koffer geworfen hatte. Dann wickelte sie sich einen Wollschal um den Hals, zog ihre schwarze Jacke an und ging die Treppe hinunter und über die Straße zu *Sally Anns Trödelschätze*. Der Name ließ sich gut vermarkten, dachte sie. Und das würde sie versuchen, während sie hier war.

Die kalte Luft füllte ihre Lungen und ließ sie gleich noch ein bisschen wacher werden. Ihre Wangen brannten von der Kälte, doch nicht einmal annähernd so wie letzte Nacht, als die Graupel ihr ins Gesicht gepeitscht hatte. Sofort dachte sie an Shane und wie sie ihr Gesicht an seinem Hals vergraben hatte, als er sie getragen hatte. Er hatte so gut geduftet, so männlich.

Sie blieb einen Moment lang auf dem Gehsteig stehen, als sie sich erinnerte. *Gefährlich!* Sie verdrängte den Gedanken, entschlossen, sich nicht von der Anziehung ablenken zu lassen. Doch wenn sie ehrlich war, dann fiel ihr keine andere Zeit und kein anderer Mann ein, der eine derart starke Wirkung auf sie gehabt hatte.

Nicht einmal Mason. Das beunruhigte sie.

Es war ungewollt, wirklich ungewollt.

Gegen halb zehn betrat sie den Laden, und Sally Ann blickte überrascht von ihrem Computer auf. „Oh, so früh habe ich dich noch gar nicht erwartet.”

Sie lachte. „Ich habe dir ja gesagt, dass ich gleich rüberkommen würde, sobald ich mich geduscht und angezogen habe.” Ihre Tante glaubte sicher, dass sie in der Agentur spät mit der Arbeit anfing.

„Ja, aber du hättest dich ruhig noch ein bisschen entspannen können. Du weißt schon, dir Zeit lassen, nachdem du im Urlaub hier bist.”

„Darin bin ich nicht gut, und davon abgesehen wollte ich mir den Laden ansehen.” Die Atmosphäre des Ladens hüllte sie ein wie eine warme Umarmung. Sie sah sich um und empfand ein Gefühl der Nostalgie.

Erinnerungen an ihren Besuch mit ihrer Mutter hier, als sie etwa acht Jahre alt gewesen war. Sie war so jung gewesen, doch plötzlich erinnerte sie sich an stundenlanges Stöbern im Laden. Wie sie sich in Schränken versteckt hatte, durch das Labyrinth von Möbeln geklettert war und Kunden erschreckt hatte, wenn sie plötzlich vor ihnen in den Gang gesprungen war.

Sie hatte den Laden geliebt. Er schien sie schon immer angesprochen zu haben.

Sie verdrängte auch diesen Gedanken und konzentrierte sich auf ihre Tante. „Hier hat sich nicht viel verändert."

Sally Ann lächelte, schob ihren Stuhl zurück und kam um den Tisch herum. „Seit deinem letzten Besuch hier haben hier ganze Containerladungen von Möbeln den Besitzer gewechselt. Aber sonst hast du Recht – die Atmosphäre ist noch dieselbe. Lass mich dich ein bisschen rumführen. Ich bekomme dauernd Neues rein, aber ich muss mich immer entscheiden, ob ich im Laden bleiben oder auf Jagd nach neuem Inventar gehen will. Ich liebe meinen Job, ich habe einen guten

Ruf, und die Leute kommen immer wieder hierher, was es für mich schwer macht, den Laden dichtzumachen, um auf Flohmärkte oder Nachlassverkäufe zu gehen. Ich muss für diese Tage eine Aushilfe einstellen, was okay ist, aber einen Partner zu haben wäre schöner. Oder eine Partnerin. Oder ganz besonders dich."

Sie antwortete nicht darauf. Was *hätte* sie auch darauf antworten sollen. Stattdessen ging sie tiefer in den Laden hinein. Sally Ann folgte ihr, zeigte ihr ein paar Highlights und erzählte ihr die Geschichte hinter dem Stück, das Jenna gefiel. Das Erforschen des Ladens brachte weitere Erinnerungen an ihre Besuche mit ihrer Mutter zurück. Daran, wie fasziniert sie von den Möbeln gewesen war, die ihre Mutter und ihre Tante so liebten.

Irgendwann sah Sally Ann sie eindringlich an. „Ich kann das Glitzern in deinen Augen sehen. Es war schon da, als du noch ein Kind gewesen bist. In deiner Seele haust ein Trödler, der nur rausgelassen werden will."

Jenna kicherte. „Oh ja." Sie lächelte und sah sich

weiter um. Sie war süchtig nach Restaurierungsshows gewesen. Doch seit sie so in ihrem Beruf eingespannt gewesen war, hatte sie nur ab und zu ein paar Aufzeichnungen angesehen, wenn sie dazu gekommen war. Doch sie liebte es zu sehen, wenn sie einem alten Möbelstück neues Leben einhauchten, oder wie sie alt und neu kombinierten, um einem Raum ein „gelebtes" Ambiente zu geben. Das hatte sie schon immer mal selbst tun wollen, doch es war einfacher, das Nötigste im Laden zu kaufen, und war einfach nie dazu gekommen, ihre Wohnung so richtig heimelig zu dekorieren. In diesem Moment wurde ihr bewusst, dass ihr ganzes Leben war wie ihre Wohnung: unvollendet. Als sie wieder in den vorderen Teil des Ladens zurückkehrten, begannen die Möglichkeiten in ihrem Kopf zu kreisen. Sie schob die Gedanken vehement von sich, da es viel zu früh war, das Angebot ihrer Tante ernsthaft in Erwägung zu ziehen.

Oder doch nicht?

In diesem Moment kamen trotz des eiskalten Wetters draußen ein paar „Trödler" in den Laden. Die Straßen waren zwar zwischenzeitlich getaut, doch viele

Leute waren nicht unterwegs.

Gegen Mittag gingen sie zu Fuß zum Goodnight Café, das gut besucht war. Es war warm und laut, als sie eintraten. Cowboys dominierten das Bild, ein klarer Beweis dafür, dass sie auf dem Land war. Eine kleine, etwas rundliche Frau winkte ihnen aus einer Sitznische zu, als sie sie sah.

„Da ist Trudy. Sie wartet schon auf uns", sagte Sally Ann und ging Jenna voraus zu ihr.

Trudy stand auf und umarmte sie zur Begrüßung. „Ich bin Trudy Presley, und ich kann mich noch gut daran erinnern, wie du Ransom Creek besucht hast, als du noch so klein gewesen bist" – sie hielt ihre Hand etwas über Hüfthöhe – „Gott, es ist viel zu lange her." Sie setzten sich in die Nische, sie und ihre Tante auf der einen Seite, Trudy auf der anderen.

Sie erinnerte sich an Trudy und erkannte eine gewisse Ähnlichkeit mit Shane Presley, wenn auch nicht viel. Doch es reichte, um sie daran zu erinnern, dass sie seine Tante war und dass auch sie hoffte, dass Jenna in den Ort ziehen und einen ihrer Neffen heiraten würde.

„Ich habe gehört, dass Shane dich gestern Abend aus dem Straßengraben geholt hat. Er ist wirklich ein guter Junge. Ich bin froh, dass er zufällig vorbeigekommen ist und dass du nicht allzu lange draußen in der Kälte sitzen musstest."

Sie wappnete sich gegen mögliche Kuppelversuche, mit denen sie rechnen musste, auch wenn alle glaubten, dass sie verlobt war. „Ich bin auch froh. Ich war wirklich dankbar, dass er da war."

„In einem kleinen Ort wie unserem helfen die Leute einander eben."

Sie wollte hinzufügen, dass sie das in der Stadt auch taten, doch sie hatte noch nie in einer Kleinstadt gelebt, darum wusste sie nicht, ob es hier nicht doch anders war. Sie hatte viele Freunde in Seattle, wo sie sich niedergelassen hatte, nachdem sie vor zwei Jahren den Job angenommen hatte. Bis dahin war sie immer wieder umgezogen, wenn sich eine bessere Karrierechance geboten hatte. Und bis sie Masons Heiratsantrag angenommen hatte, hatte sie nicht einmal gedacht, dass Seattle ihr dauerhaftes Zuhause werden könnte. Jetzt jedoch, nachdem sie nicht heiraten würde und sie den Job aufgegeben hatte, war sie sich nicht sicher, wo sie als nächstes landen würde.

Sich in einem kleinen Ort niederzulassen, war nie etwas gewesen, was sie genug angesprochen hätte, um es ernsthaft in Erwägung zu ziehen.

Bevor sie etwas auf Trudys Bemerkung erwidern konnte, ging die Tür des Cafés auf, und fünf Cowboys kamen herein. Sofort wirkte der Gastraum viel kleiner. Groß und breitschultrig nahmen alle fünf ihre Stetsons ab und sahen sich um.

In der hinteren Ecke des Raumes fiel etwas klappernd zu Boden und alle – einschließlich Jenna — drehten sich zu dem Geräusch um. Die Kellnerin hatte einen Teller mit einem Hamburger und Fritten fallen gelassen, und der Metallteller tanzte immer noch am Boden, während die Kellnerin die Farbe einer reifen Tomate angenommen hatte.

„Tut mir leid", keuchte sie und fing hektisch an, alles aufzuheben.

„Du meine Güte. Meine Neffen schaffen es einzeln schon, den Verkehr anzuhalten und Herzen zum Schmelzen zu bringen. Doch wenn sie zusammen auftauchen …"

Eine zierliche ältere Frau kam aus der Küche geeilt und rang sich die Hände. „Okay, Leute, habt ihr noch nie eine Kellnerin einen Teller fallen lassen sehen? Weiteressen bitte." Dann bückte sie sich und half der armen Frau beim Saubermachen. Die Cowboys schienen alle helfen zu wollen, blieben aber stehen, als sich der Jüngste an ihnen vorbeischob, um seine Hilfe anzubieten. Er sah nicht älter als fünfundzwanzig aus. Doch die anderen waren im Alter nicht weit von ihm entfernt. Vielleicht jeweils ein Jahr älter?

Die ältere Frau winkte ab. „Schon okay, Vance. Das machen wir schon."

Er blieb neben ihr stehen und bückte sich, sodass Jenna sich weit zurücklehnen musste, um am Nachbartisch vorbeiblicken zu können.

„Bist du dir sicher, Gertie? Ich helfe gern." Er hob eine Gabel und ein Messer auf und reichte beides der jungen Kellnerin. Sie warf ihm einen Blick zu, als sie ihm das Besteck abnahm, und hob dann schnell das Fleisch und das Brötchen auf.

„Danke. Schon fertig", sagte Gertie, während sie alle aufstanden. „Libby, Schatz, sag Jack, dass er die Bestellung nochmal kochen soll, und mach einen Moment Pause. Ich kümmere mich darum."

Die junge Frau, die aussah, als wäre sie kaum zwanzig, hielt den Teller mit dem ruinierten Hamburger krampfhaft fest. Er würde sicher nicht noch einmal herunterfallen. Sie starrte Vance an, und als er sie schief anlächelte, wurde sie noch roter.

Er tippte sich an den Hut. „Ich bin Vance–"

Bevor er noch irgendetwas sagen konnte, nickte sie schnell, eilte zurück in die Küche und murmelte dabei etwas von Bestellung kochen lassen.

Jenna war sich nicht sicher, ob der jungen Frau ihr Missgeschick peinlich war, ob es Vance' grüne Augen waren – die alle Presleys gemein zu haben schienen, oder ob mehr hinter ihrem schnellen Abgang steckte.

Vance sah hin- und hergerissen aus, als er ihr nachblickte.

„Sie ist schüchtern", erklärte Gertie. „Vance, hattest du dieses Wochenende nicht ein Rodeo?"

Er sah die Frau an. Jenna kam zu dem Schluss,

dass sie die Besitzerin des Cafés sein musste. „Ich fahre nachher los. Das Rodeo ist in Fort Worth; die Fahrt dauert nicht lang, darum dachte ich mir, ich komme vorher kurz vorbei."

Gertie klopfte ihm auf die Schulter. „Das ist schön. Das Problem ist nur, dass ich Libby gerade erst eingestellt und sie noch nicht vor den Presleys gewarnt hatte. Sie ist ein wirklich schüchternes kleines Ding." Jenna las Gerties Lippen, da sie jetzt leiser redete, damit nur Vance sie hören konnte. „Wenn ich sie auf euch vorbereitet hätte, hätte sie den Hamburger vielleicht nicht fallen gelassen."

Er sah sie skeptisch an. „Wahnsinnig witzig, Gertie."

Gertie sah ihn ernst an. „Ich mache keine Witze. Ich warne meine neuen Kellnerinnen immer vor euch gutaussehendem Haufen Cowboys."

„Das arme Mädchen", seufzte Trudy. „Meine Neffen waren einfach zu viel für ein scheues Ding wie sie." Sie sah Jenna an. „Ich bin natürlich parteiisch, was die Jungs angeht, da ich sie mit aufgezogen habe, nachdem ihre Mutter gestorben ist. Aber sie sind gute

Männer und werden eines Tages ganz fantastische Ehemänner abgeben. Sally Ann und ich haben gehofft, dass du herziehen und einen von ihnen heiraten würdest."

Jenna war sprachlos angesichts Trudys unverblümter Bemerkung. Die Cowboys waren attraktiv und zogen jeder für sich schon Blicke auf sich, und das natürlich noch mehr, wenn sie gemeinsam unterwegs waren, doch sie fragte sich, was sie davon halten würden, wenn sie wüssten, wie ihre Tante von ihnen sprach. „Ja, ich bin mir sicher, dass sie eines Tages ganz fantastische Ehemänner sein werden." Sie entschloss sich, den letzten Teil der Bemerkung zu ignorieren.

Gertie hatte ähnlich wie Trudy über die Presleys gesprochen. Zugegeben, sie sahen gut aus. *Aber gutaussehender Haufen Cowboys hörte sich nicht annähernd so einladend an wie gutaussehende Cowboys.* Der Gedanke brachte sie zum Lachen, und sie biss sich auf die Lippe, um nicht vor sich hin zu kichern.

„Die fünf sind schon ganz schöne Brocken, nicht

wahr?" Sally Ann stieß Jennas Arm an und nickte in Richtung von Shane und seinen Brüdern.

Sie drehte sich gerade in dem Moment zu ihnen um, als Shane in ihre Richtung sah, und ihre Blicke begegneten sich. Ihr stockte der Atem, und plötzlich flatterte ihr Magen. „Ja." Sie seufzte und wurde sich zu spät bewusst, wie das klingen musste. „Ich meine ja. Nein, ich meine nein. Brocken sind sie nicht", murmelte sie und zappelte herum, während er ihren Blick festhielt und auf sie zu kam.

Was war sie? Ein stammelnder Idiot oder eine unabhängige Frau, die in der Vorstandsetage ihren Mann stand? Sie versuchte immer noch, sich darüber klar zu werden, als er an ihrem Tisch stehenblieb.

Er hielt seinen Hut in der Hand. Sie schluckte und starrte zu ihm auf.

Er nickte zur Begrüßung. „Guten Tag, die Damen. Hi Jenna, wie geht's dir heute? Genießt du deinen ersten Tag hier?"

Sie zwang sich zu blinzeln. Zu reden. Das war lächerlich. „Das tue ich." Sie war zum Zerreißen angespannt. Wütend auf sich selbst wegen der

Reaktion auf diesen Cowboy und wegen der Tatsache, dass die Tanten sie mit erwartungsvollem Blick beobachteten.

„Gut." Er lächelte, als verstünde er ihr Dilemma. „Hast du dein Auto gesehen?"

Ihr Auto. „Oh ja, danke. Ich war ganz überrascht, als ich aus dem Haus gekommen bin und es in der Auffahrt geparkt stand."

„Heute Morgen hat es sich leicht aus dem Graben ziehen lassen; und nachdem ich es bei Sally Ann geparkt habe, hat Drake mich abgeholt. Es war noch früh, darum wollte ich nicht stören, und ich dachte mir, dass du es sowieso sehen würdest."

Sally Ann und Trudy kicherten und erinnerten sie damit daran, dass sie auch noch da waren.

„Danke", sagte sie und fragte sich, was an ihm ihren Verstand so derart zu Brei werden ließ. Sie war sich ziemlich sicher, dass sie ihn den ganzen Tag lang anstarren konnte, ohne dass ihr davon langweilig geworden wäre. Sie schüttelte sich und rang den Unsinn nieder. Sie hatte gerade die Wirkung gesehen, den er und seine Brüder auf arglose Frauen hatten. Sie war weder arglos, noch unschuldig, noch ein Mauerblümchen. *Was war also mit ihr los?*

Die anderen Brüder kamen jetzt herüber, nachdem sie sich auf dem Weg mit den Gästen an den anderen Tischen unterhalten hatten.

Die Tanten stellten sie sofort vor, und sie war mehr als dankbar für die Ablenkung von Shane.

Drake hatte schwarze Haare. Er war der dunkelste der Brüder, und mit seiner gebräunten Haut und den dunklen Haaren leuchteten seine grünen Augen noch mehr.

Brice hatte dunkelbraune Haare, ein kantiges Kinn und wissende Augen.

Vance war der Jüngste. Er war überaus attraktiv und wusste das auch, schien jedoch nicht eingebildet zu sein. Es gefiel ihr, dass er der Kellnerin beim Aufräumen hatte helfen wollen.

Cooper, der, wie Sally Ann schnell erklärte, erst vor Kurzem geheiratet hatte, begrüßte sie als nächster. Er sah umwerfend aus, ein entspannter Typ – und sah überaus glücklich aus.

Und dann war da noch Shane. Er war gutaussehend, sexy und stark. Sie dachte daran, wie er sie gestern Abend gleich mehrmals getragen hatte. *Definitiv stark.* Als sie seine Brüder ansah, empfand sie nicht dasselbe Flattern, das sie spürte, wenn sie Shane in die Augen sah. *Warum nur?* Es musste daran liegen, dass er sie gestern Abend gerettet und sie in seinen Armen gehalten hatte – es war einfach eine Reaktion darauf, die bald abklingen würde. Sie hatte kein Interesse an einem Cowboy aus einem kleinen Kaff in der Pampa. Sie würde zurück nach Seattle gehen, oder wo auch immer sie sich entschließen würde, nach einem neuen Job zu suchen. Vielleicht Houston, Dallas, oder an der Ostküste. New York vielleicht. Sie kannte Leute. Sie hatte Verbindungen. Sie musste nur die Fühler ausstrecken. Es war definitiv nicht der richtige Zeitpunkt, sich auf irgendetwas einzulassen.

Sie hatte Mason die Macht gegeben, ihr wehzutun. Das würde sie für lange Zeit nicht wiederholen. Im Augenblick ging es für sie einzig und allein darum, ihren nächsten Karriereschritt zu planen und ihr Leben wieder in die Spur zu bekommen.

„Wir sollten euch jetzt besser essen lassen."

„Shane, wie geht's der neuen Appaloosa-Stute?",

fragte Sally Ann und sah Jenna an. „Sie ist wirklich schön. Sieht aus wie ein Dalmatiner, weiß mit schwarzen Flecken. Einfach atemberaubend.“

„Ihr geht's gut. Sie nimmt langsam zu und läuft wieder rum, nachdem sie so lange im Stall eingesperrt war.“

„Grausam, einem Pferd sowas anzutun“, sagte Drake mit angespannter Miene. „Mir kocht jedes Mal wieder die Galle hoch, wenn ich an sie und die anderen Pferde denke.“

„Was ist passiert?“, fragte Jenna.

„Manchmal nehmen wir Pferde auf, die gerettet wurden – und wilde Mustangs. Kürzlich haben wir eine Handvoll Mustangs und die Appaloosa-Stute bekommen. Sie war noch schlimmer misshandelt worden als die Mustangs, und die hatten sie draußen in einem Paddock ohne Futter eingesperrt. Die Stute hatten sie weiß Gott wie lange im Stall gehalten. Sie war in schlechtem Zustand, als der Sheriff eingegriffen hat, nachdem ein Nachbar ihn alarmiert hatte. Lucia wird noch eine Weile brauchen, bis sie sich ganz erholt hat.“

„Das ist ja furchtbar.“ Jennas Magen drehte sich

um beim Gedanken daran, dass jemand die Tiere derart misshandelt hatte. In der Hölle musste es einen besonderen Ort geben für Menschen, die Kinder oder Tiere misshandelten. Sie konnte nicht verstehen, was jemanden dazu trieb, derart Böses zu tun.

„Shane, du solltest Jenna Lucia bei Gelegenheit zeigen", schlug Trudy vor.

„Das würde ihr sicher gefallen", nickte Sally Ann begeistert.

„Sicher. Hast du Lust, sie dir anzusehen? Sie ist eine echte Schönheit."

Sie wusste, dass sie nein hätte sagen sollen, doch sie wollte das Pferd mit den Dalmatinerflecken wirklich gerne sehen. „Gerne. Ich habe noch nie ein weißes Pferd mit schwarzen Flecken gesehen."

Die Tanten grinsten. „Perfekt", sagten sie wie aus einem Mund.

Sie bemerkte, wie Drake Shane mit hochgezogener Braue ansah. Die Brüder wussten, dass es ein Trick war, auf den sowohl Shane als auch sie hereingefallen war.

KAPITEL VIER

Sie beobachtete, wie die Presleys an einem freien Tisch weiter hinten im Café Platz nahmen. Die Kellnerin, die den Teller fallengelassen hatte, kam mit einem neuen Hamburger aus der Küche und brachte ihn einem der Cowboys, der geduldig wartete. Dann nahm sie ihren Notizblock und ging an den Tisch, an dem Shane und seine Brüder saßen. Jenna fiel auf, dass sie sie anlächelten und ihr gut zuredeten. Sie war offensichtlich keine erfahrene Kellnerin, und entweder war sie extrem schüchtern oder Vance Presley machte sie so nervös, dass sie nicht klar denken konnte. So wie sie immer wieder Notizen auf ihrem Block durchstrich, schien sie die Bestellungen immer wieder falsch zu verstehen.

„Armes Mädchen", Gertie kam an ihren Tisch. „Sie ist so nervös, dass sie noch irgendeine Katastrophe verursachen wird, bevor die Jungs wieder hier raus sind", sagte sie zu Trudy.

Trudy kicherte. „Sie können nichts dafür. Ich denke, es ist Vance, der sie so nervös macht. Der Junge wirft einem Mädchen einen Blick aus seinen grünen Augen zu und lächelt sie an, und selbst eine Hirnchirurgin könnte nicht mehr rechts von links unterscheiden."

„Der Junge ist ein ganz Lieber, auch wenn er ein Herzensbrecher ist", bemerkte Sally Ann. „Er ist ein Rodeo-Mann." Sie sah Jenna an. „Er hat gute Aussichten, dieses Jahr das NFR zu gewinnen, auch wenn es bis dahin noch gut elf Monate sind. Letzten Monat in Las Vegas hat er nur ganz knapp verloren."

„Oh, dann hoffe ich, dass er gewinnt. Er war wirklich nett zu der Kellnerin." Sie lächelte.

Gertie nahm ihre Bestellungen auf, und Trudy und ihre Tante verhörten sie, während sie auf das Essen warteten.

„Und was denkst du? Hast du Lust, Sally Ann in ihrem Geschäft zu helfen?"

„Ich bin mir nicht sicher, ob ich das kann."

„Das habe ich mich auch gefragt", sagte Trudy. „Wenn du verlobt bist und gerne in der Stadt lebst, dürfte es ein bisschen schwer sein, auf Dauer hier zu bleiben. Bist du sicher, dass bei dir alles gut ist im Paradies?"

Jenna hätte beinahe ihr Wasser ausgespuckt. Die Frage kam viel früher, als sie sie erwartet hatte. „Alles ist gut. Und selbst wenn nicht, ich meine, selbst, wenn ich nicht heiraten würde, lebe ich immer noch gerne in der Stadt. Ich mag es, shoppen gehen zu können, wann immer ich will, oder mir einen Kaffee bei Starbucks an der Ecke holen zu können. Ich glaube nicht, dass ich mich an die Isolation hier gewöhnen könnte."

„Ich habe dir ja gesagt, dass die Abgeschiedenheit hier ein Problem für sie ist." Sally Ann sah ein wenig niedergeschlagen aus, bevor sie ihre Enttäuschung hinter einem Lächeln versteckte. „Aber ich bin froh, dass du mich trotzdem besuchen gekommen bist."

„Fort Worth und Dallas sind nur zwei Stunden entfernt", bemerkte Gertie, die mit drei Tellern an den Tisch gekommen war. Sie stellte sie ab. „Diese Kaffeehausketten habe ich nie verstanden. Ich meine, ich habe den ganzen Tag Kaffee hier. Wer braucht schon diese Schickimicki-Läden? Und Kuchen und Gebäck habe ich auch."

„Und Coffee-to-go", fügte Trudy hinzu. „Und wenn sie eine Latte will, kannst du ihr auch ein bisschen Schlagsahne in den Becher spritzen."

Jenna konnte sich das Schmunzeln nicht verkneifen. Sie liebten ihren Ort wirklich.

„Ich kann sehen, was du meinst. Das Essen hier sieht köstlich aus." Als sie sich eine Gabel voll in den Mund schob, fiel ihr Blick auf Shane zwei Tische weiter, der sie beobachtete, und schon war das flattrige Gefühl in ihrem Bauch wieder da. Er nickte ihr zu, dann wandte er sich wieder seinem Essen zu.

„Glaubst du, dass du dieses Jahr gewinnst, Vance?", rief ein alter Cowboy vom Tresen herüber, wo er und ein paar andere Männer aßen.

Vance blickte ernst drein. „Ich habe es fest vor,

Curly. Aber du und ich, wir wissen beide, dass man sich bei Broncos nie sicher sein kann."

„Wo du Recht hast … Mich haben diese Biester während meiner Rodeotage öfter abgeworfen und getrampelt, als ich es zugeben will."

Shane schnaubte. „Mich haben sie schon beim Arbeiten auf der Ranch oft genug abgeworfen und getreten."

Alle lachten. Jenna fragte sich, ob er es ernst meinte. Sie wusste, dass die Arbeit auf einer Ranch nicht ganz ungefährlich war, doch wie oft wurde ein Mann vom Pferd abgeworfen und getreten?

„Schau nicht so ernst drein", sagte Sally Ann. „Er ist ein wirklich guter Cowboy. Er hat lange beim Zureiten geholfen, darum hat er öfter in den Dreck gebissen als die meisten."

„In den Dreck gebissen?"

„Ist öfter abgeworfen worden. Wenn du sie zureitest, dann beißt du oft in den Dreck."

„Klingt, als würde ich mir schnell einen ganz anderen Job suchen."

Alle drei Frauen sahen sie an, als wären ihr Hörner

gewachsen.

„Es ist Teil des Jobs. Man ist nicht wirklich ein Cowboy, bevor man nicht ein paarmal abgeworfen wurde."

„Wenn ihr meint." Sie verstand es nicht, für sie war das nur ein weiteres Argument, dass sie keinen Cowboy heiraten wollte.

Doch dann begegnete sie erneut Shanes interessiertem Blick. Sie schmolz innerlich, und an Konzentration war so gut wie nicht zu denken.

„Shane hat immer wieder zu dir rüber geschaut", bemerkte Sally Ann auf dem Weg zurück zum Laden. „Ich glaube, er interessiert sich für dich. Bist du sicher, dass zwischen dir und deinem Verlobten alles okay ist? Denn dieser Junge hier kann den Blick nicht von dir wenden und würde dir aus der Hand essen."

„Er hat nur ein paarmal zu uns rüber geschaut. Das ist doch vollkommen normal." Sie hoffte, dass ihre Tante es dabei bewenden lassen würde.

„Es ist gut, dass du hier bist, denn wenn du auch nur den leisesten Zweifel hast, dann musst du dir darüber klar werden und dir sicher sein, bevor du vor den Altar trittst. Ich habe kein gutes Gefühl, was diese Ehe angeht."

Jenna zog ihre Jacke fester um sich und bemühte sich, nichts zu sagen, was sie später bereuen würde.

Ein Truck bog auf den Parkplatz ein, als sie gerade vor Sally Anns Laden ankamen. Sie erkannte den Truck, bevor Shane ausstieg und in ihre Richtung kam. „Du hattest doch gesagt, dass du dir gerne die Appaloosa-Stute ansehen würdest. Morgen soll es ein bisschen wärmer werden. Möchtest du sie dir dann ansehen?"

Sie musste ihre Tante nicht ansehen, um zu wissen, dass sie über das ganze Gesicht grinste. Jenna fühlte sich zittrig und hin- und hergerissen. Wenn sie ginge, würde sich ihre Tante Hoffnungen machen. Es wäre richtig gewesen, nein zu sagen, doch das konnte sie nicht. „Klingt großartig. Sag mir einfach, wann ich rauskommen soll."

„Nein, ich komme dich abholen. Keine Ahnung, ob die Straßen morgen schon besser sind oder nicht. Ich komme nach dem Mittagessen vorbei. Ich muss am Morgen eine Ladung Vieh transportieren, danach komme ich her."

„Okay." Sie blickte ihm nach, als er zurück zu seinem Truck ging, und wusste, dass sie verloren war. Als sie sich schließlich zu Sally Ann umdrehte, sah sie die Spekulationen in ihrem Blick.

Am nächsten Tag kam Shane vorbei, um sie abzuholen. Es war nicht wirklich wärmer geworden, darum trug Jenna eine warme cremefarbene Skijacke mit einem passenden beigefarbenen Schal und einer Strickmütze. Sie war nervös, als er den Laden betrat. Zu ihrer Überraschung trug auch er eine Strickmütze. Er war ein Cowboy, darum hatte sie nicht damit gerechnet, doch es gefiel ihr.

Ihre Tante war im Diner, um sich mit ihren Freundinnen zu treffen.

Jenna schloss den Laden ab und hängte ein Schild an die Tür, auf dem stand, dass sie in einer halben Stunde wieder öffnen würden. Es war ihr unangenehm, den Laden am helllichten Tag zu schließen, doch Sally Ann hatte ihr versichert, dass sie selbst das auch oft tat.

Das Leben in einem kleinen Ort war so anders als in der Stadt. Dort konnten es sich Ladenbesitzer nicht erlauben, ein Schild an die Tür zu hängen, um Mittagessen zu gehen.

„Du siehst hübsch aus." Shane legte die Hand unter ihren Ellbogen und führte sie zu seinem Truck.

Sie dachte daran, wie glatt die Straße in der Nacht, in der er sie gerettet hatte, gewesen war. Allein beim Gedanken daran, wie sie geschlittert war und sich an ihm festgeklammert hatte, bevor er sie zu seinem Truck getragen hatte, wurde sie rot. Und bei der Erinnerung daran wäre sie fast wieder ausgerutscht.

„Danke. Ich wollte nicht frieren. Ich muss aber zugeben, dass ich nicht damit gerechnet habe, dich mit einer Strickmütze zu sehen."

Er öffnete die Tür seines Trucks. „Manchmal reicht ein Cowboyhut nicht bei der Kälte. Stört es dich?"

„Oh nein, sieht nett aus."

Er lächelte und blieb neben ihr stehen, während sie in den Truck kletterte. *So nah. Und er riecht auch noch so gut!*

„Danke." Sie starrten einander an und spürten die Anziehung. Einen Moment später, als ob ihm bewusst wurde, dass er immer noch an der Beifahrertür stand, trat er zurück, schloss die Tür, ging um den Wagen herum und stieg ein.

Sie war sich seiner allzu bewusst, als er losfuhr. „Fahren wir zurück zur Ranch, wo wir neulich Abend waren?"

„Ja und nein. Nicht zum Haupthaus. Die Mustangs und die Appaloosa-Stute sind woanders. Es ist schön, sie frei grasen zu sehen. Vielleicht galoppieren sie ja sogar für dich."

„Das wäre schön."

Eine Weile später, nachdem sie von der Straße abgefahren waren und mehrere schneebedeckte Weiden überquert hatten, hielt er an.

„Für Texas ist das ein Winterwunderland. Dürfte nicht lange anhalten, aber für den Moment ist es schön. Schau, da sind sie", sagte er und deutete in Richtung der Pferde.

Sie musste den Blick von ihm losreißen und folgte seiner Geste. Sie keuchte. Vom Hügel her kam eine

Herde brauner und schwarzer Pferde auf sie zu gestürmt, eingehüllt in eine Wolke Schnee, die sie aufwirbelten. Am Rand der Herde sah sie ein atemberaubend schönes weißes Pferd mit schwarzen Flecken auf den Schultern und dem Rücken. Die weiße Mähne der Stute wehte im kalten Wind, genau wie die der anderen, doch die Appaloosa-Stute war einfach eine Augenweide.

„Unglaublich schön", flüsterte sie und lehnte sich zu ihm hinüber, um besser aus seinem Fenster sehen zu können. Sie schluckte, als sein männlicher Duft ihre Sinne erfüllte, und musste gegen den Drang ankämpfen, sich vorzubeugen und an ihm zu schnuppern.

Er drehte sich zu ihr um. „Ja, das ist es."

Sie starrten einander an und plötzlich war da der Impuls, ihn zu küssen. Sie erstarrte, als ihr Blick zu seinen Lippen wanderte. *Oh Gott, oh Gott, oh Gott.* Sie schluckte und richtete sich auf. Ein Kraftakt.

Er blinzelte, kniff die Augen zusammen und griff abrupt nach der Tür. „Lass uns näher ran gehen."

Allein im Truck versuchte sie ihren rasenden Puls

unter Kontrolle zu bringen, bevor sie die Tür öffnete und ausstieg. Sie musste sich zusammenreißen.

Mit hochgeschlagenem Kragen wartete er vor dem Truck auf sie. Heute trug sie angemessenes Schuhwerk und schaffte es, sicher neben ihm her zu laufen.

Sie war sich des Mannes neben sich überbewusst. Groß, breitschultrig und köstlich wie Heckenkirschenblüten für einen Kolibri. Es würde ihm sicher nicht gefallen, mit einer Heckenkirsche verglichen zu werden, doch etwas Besseres fiel ihrem strauchelnden Verstand nicht ein.

Die Pferde bemerkten sie und beobachteten sie aus der Ferne, dicht aneinandergedrängt, bereit zu fliehen.

„Sie sind nicht zahm. Sie sind extrem scheu und dürften bald weglaufen, aber wenn wir uns langsam bewegen, bleiben sie vielleicht ein bisschen."

„Sie sehen nervös aus."

„Das sind sie auch", sagte er leise.

Seine leise, tiefe Stimme schickte Schauer über ihren Rücken.

Wie auf ein Stichwort hin wirbelte die Appaloosa-Stute mit wehender Mähne herum und sah sie direkt an. Die Mustangs trampelten, ein paar scheuten und traten aus, und plötzlich waren alle Tiere in Bewegung.

Fasziniert und erschrocken zugleich, machte sie einen Schritt zur Seite und stieß mit Shane zusammen.

„Whoa, kleines Fohlen", flüsterte er und legte ganz automatisch die Arme um sie. „Keine Angst, du bist sicher." Er hielt sie fest, seine Lippen nahe bei ihrem Ohr, während er sie an seine Brust zog.

Jennas Rücken war fest gegen Shane gepresst. Sein warmer Atem an ihrem Ohrläppchen jagte erneut Schauer durch sie hindurch. Sie ermahnte sich, das Atmen nicht zu vergessen. Redete sich gut zu, die Verlockung zu ignorieren. Wenn sie sich zu ihm umdrehen würde oder auch nur den Kopf hob, wäre sie in der perfekten Position für einen Kuss. Sie war nicht dumm und wusste, dass er sich genauso zu ihr hingezogen fühlte, wie sie zu ihm. Irgendwie schaffte es ihr gesunder Menschenverstand, sich zwischen sie zu schieben, und sie trat einen Schritt von ihm weg.

„Tschuldigung", hauchte sie und konzentrierte sich auf die Herde, die in einer Schneewolke hinter dem Hügel verschwand. Das Schlagen ihrer Hufe war jedoch noch lange zu hören. „Wollt ihr versuchen, sie zuzureiten?"

Er vergrub seine Hände in seinen Jackentaschen. „Ein paar. Wir wollen ihnen aber erst Zeit geben, sich zu akklimatisieren, bevor wir einige dafür aussuchen."

„Und was ist mit der Appaloosa-Stute?"

„Die behalten wir. Sie ist schön. Mir gefällt, wie sie aussieht."

„Mir auch. Sie im Schnee laufen zu sehen, ist geradezu magisch. Ich kann immer noch nicht fassen, dass es so geschneit hat, seit ich hergekommen bin."

Er nickte. „Bleibt aber nicht lange liegen. Wenn es kalt bleibt, haben wir vielleicht noch ein, zwei Tage, doch dann schmilzt der Schnee schon wieder."

Sie bückte sich und griff in den Schnee. „Ist ein bisschen feucht. Ist eine ganze Weile her, seit ich das letzte Mal Schnee gespürt habe." Sie formte einen Schneeball zwischen ihren Händen. „Seattle hat nicht halb so viel Schnee wie die Leute immer denken."

„In diesem Teil von Texas haben wir auch nicht viel Schnee. Darum flippen die Leute jedes Mal aus, wenn wir mal ein bisschen haben."

Er beobachtete sie dabei, wie sie einen kleinen Schneemann aus drei Schneebällen baute. Sie klopfte ihre Hände ab und richtete sich auf. „Da. Mein erster Schneemann seit Jahren."

Sie sah sich um und betrachtete die ungestörte Schneedecke. „Ich frage mich…" Sie ging zu einer Schneeverwehung und spürte ihn hinter sich. „Hast du Lust, einen Größeren mit mir zu bauen?"

Sie lächelte ihn an – plötzlich fühlte sie sich unerwartet unbeschwert. Nach all dem Druck, unter dem sie gestanden hatte, und dem Gefühlschaos nach der Trennung fühlte es sich gut an, sich zu entspannen. Sie bückte sich und fing an, Schnee zusammenzuschieben.

„Warum nicht." Auch er bückte sich und fing an, mehr Schnee zusammenzuschieben. Ein paar Minuten später hatten sie die erste größere Kugel.

„Wird kein Riese, aber doch ganz ordentlich." Sie lachte und fing an, die zweite Kugel zu rollen, während er sich an die dritte, kleinere machte.

„Die Pferde dürften sich fragen, wer dieser Typ ist, der da auf ihrer Weide steht."

Sie hielt inne und sah ihn mit leicht geöffnetem Mund an. „Oh nein. Könnte er wie eine Vogelscheuche auf sie wirken? Macht er ihnen Angst?"

Er zuckte mit den Schultern. „Vielleicht hilft er ihnen, sich an Menschen zu gewöhnen. Wer weiß. Aber schaden wird er ihnen sicher nicht."

Erleichtert wandte sie sich wieder dem Bauch des Schneemanns zu und platzierte ihn auf der ersten Kugel. Er lächelte, setzte den Kopf obenauf und betrachtete ihr Werk.

Sie runzelte die Stirn. „Ist ein bisschen nackt."

„Einen Moment." Er ging zum Truck und kramte in der Kiste herum, die auf der Ladefläche hinter der Kabine stand. Mit ein paar roten Lumpen und einer Sicherheitsbrille kam er zurück. „Wir machen ihn zum Ranchhelfer."

Sie strahlte, als er ihr die Lumpen reichte. „Perfekt." Sie band zwei der Lumpen zusammen und knotete sie um den Hals des Schneemanns, bevor Shane ihr ein paar Kiesel reichte. Sie nahm sie und plazierte einen davon in der Mitte des Kopfes als Nase und zwei darüber als Augen. Dann machte sie einen lächelnden Mund aus den übrigen Steinen. „Süß."

„Und jetzt..." Vorsichtig setzte er die Sicherheitsbrille über die Augen und balancierte sie auf der Nase. Er lachte. „Nicht der Attraktivste, aber er ist bereit zur Arbeit."

Sie lachte und kam sich ein bisschen albern vor, aber glücklich – zum ersten Mal seit über einer Woche. Sie versetzte Shane einen spielerischen Stoß mit der Schulter. „Ich finde ihn süß."

Er schmunzelte, bückte sich und kratzte eine Handvoll Schnee zusammen. „Ich habe das Gefühl, du magst Schnee wirklich." Er hob die Hände über ihren Kopf und ließ es schneien.

Sie holte scharf Luft, doch als sie herumwirbelte, sah sie seine glitzernden Augen. „Brrrr kalt!" Sie versetzte ihm einen Stoß. Plötzlich fühlte sie sich unglaublich lebendig.

„Hey!" Lachend packte er sie, und als sie sich losreißen wollte, stolperten sie und gingen kichernd zu Boden. Er rollte sie durch den Schnee und blieb neben ihr liegen. „Wenn du Schnee so liebst, musst du einen Schneeengel machen."

Sie war atemlos. „Oh ja, gute Idee."

Doch er machte ihr keinen Platz und sie rückte nicht von ihm weg.

Sie konnte den Blick nicht abwenden, als er eine Hand an ihre Wange legte. „Du bist unwiderstehlich", sagte er leise und beugte sich zu ihr vor.

Ihr Herz stolperte und donnerte gegen ihre Rippen, während ihre innere Stimme sie anschrie, aufzustehen. Ein Kuss war gar keine gute Idee. Doch sie konnte sich nicht bewegen. Stattdessen ging ihr Atem schneller. Sie wollte den Kuss.

Dann war es Shane, der erstarrte, die Lippen nur einen Atemzug von ihren entfernt. Abrupt richtete er sich auf. „Tut mir leid. Das war unangemessen."

Unangemessen? Was sollte das heißen?

Er setzte sich auf, und sie folgte ihm. „Du bist verlobt."

Oh, das. „Nein." Eiswasser hätte sie nicht schneller aus ihrem Märchen reißen können. Ihr Mund war staubtrocken, und jede Zelle ihres Körpers war zum Leben erwacht. Sie rang um Beherrschung, denn sie war im Begriff, die Kontrolle zu verlieren. „Ich meine, *ich* hätte es nicht so weit kommen lassen dürfen."

Das war so untypisch für sie. Sie starrten einander weiter an, dann stand er auf und reichte ihr die Hand. Ihr Magen rebellierte, als sie sie ergriff. Sie war kalt, jagte jedoch eine angenehme Wärme durch sie hindurch. Sie wollte seine Arme um sich und seine Lippen auf ihren spüren. Sie brauchte das jetzt ganz sicher nicht, doch das hielt sie nicht davon ab, es zu *wollen*.

Sie war ein Stadtmensch. Sie wollte nicht den Rest ihres Lebens in einem Kaff verbringen, das zwei Stunden von der nächsten Stadt entfernt lag. Und jetzt hielt er sie für eine verlobte Frau, die ihn beinahe geküsst hätte. Und er sie.

Seine Reaktion sagte ihr, dass ihn das beunruhigte. Er war ein Mann, dem Ehre nicht egal war. Und er war der Annahme, dass er beinahe eine Grundregel gebrochen hätte.

Sie konnte ihn nicht in dem Glauben lassen. Doch das würde bedeuten, dass sie die Karten auf den Tisch legen und zugeben müsste, dass sie nicht verlobt war.

Die Gedanken rasten nur so in ihrem Kopf und rangen um die Oberhand.

Konnte sie es ihm sagen?

Er ließ ihre Hand los, drehte sich um und ging zum Truck. „Wir sollten zurückfahren."

Sie folgte ihm. Er blieb an der Ladefläche des Trucks stehen und musterte sie.

Sie warf einen Blick in Richtung der Pferde, die erneut am Rand der Weide aufgetaucht waren. *Sie musste die Karten auf den Tisch legen.* Er war ein netter Kerl. Er fühlte sich zu ihr hingezogen und verdiente es, die Wahrheit zu erfahren.

Der Gedanke ließ ihren Puls rasen. „Ich muss ehrlich zu dir sein", sagte sie leise. Als er nichts darauf sagte, sah sie ihm in die Augen.

Er sah wütend aus. Es war das erste Mal, dass sie ihn so sah.

„Wenn du mir sagen willst, dass ich eine Grenze überschritten habe, dann habe ich das verdient. Aber ich frage mich immer wieder, warum du keinen Ring trägst, wenn du verlobt bist? Irgendwas fühlt sich nicht richtig an. Nicht, dass mein Verhalten … richtig gewesen wäre. Es ist und bleibt unentschuldbar, aber ich bin trotzdem neugierig."

Seine schönen grünen Augen ließen ihre nicht los. Schatten tanzten in ihren Tiefen, und es tat ihr leid, sie zu sehen.

Sie trat einen Schritt vor. Ihr Mund sehnte sich nach seinem. Seufzend straffte sie die Schultern, entschlossen, ihm die Wahrheit zu sagen.

„Weil ich nicht mehr verlobt bin. Er hat die Verlobung gelöst, darum habe ich meinen Job in seiner Firma gekündigt und bin hergekommen", platzte sie heraus.

Er runzelte die Stirn, und die Schatten wurden zu einer finsteren Ruhe. „Du hast gelogen?"

Sein vorwurfsvoller Ton tat weh. Es war die Wahrheit, doch es war ihr alles nicht so schlimm vorgekommen, als sie hergekommen war. „Ja. Ich habe mich dafür geschämt. Und ich wusste, dass Tante Sally Ann diesen Traum hatte, dass ich herziehen, einen Presley heiraten und hier glücklich bis ans Ende leben würde. Ich wollte nicht, dass sie glaubt, dass sie mich verkuppeln kann. Darum habe ich ihr nicht gesagt, dass ich nicht mehr verlobt bin."

„Verstehe", sagte er leise. Er wandte den Blick von ihr ab und blickte gen Horizont. Sie nahm an, dass er die Pferde beobachtete, doch sie konnte den Blick nicht von ihm abwenden. Er schien hin- und hergerissen zu sein. Sie wollte ihm sagen, dass sie in Ransom Creek leben wollte. Dass sie sich in einen Cowboy – einen Presley – verlieben und glücklich bis an ihr Ende hier leben wollte. Doch das wollte sie nicht. Sie konnte nicht noch einmal lügen, auch wenn sie sich nach seinem Kuss sehnte.

Doch sie wusste, dass er sie jetzt niemals küssen würde.

Ihr war kalt, nicht nur, weil es wieder angefangen hatte zu schneien, sondern allein von dem Gedanken.

Auf der Fahrt zurück schwiegen sie. Die Anspannung zwischen ihnen war spürbar und verschwand auch nicht, als es im Wageninneren wärmer wurde.

Shane war so wütend, dass er am liebsten geplatzt wäre. Wütend auf sie, viel wütender jedoch auf sich selbst. Er hatte gewusst, dass etwas nicht stimmte. Er hatte dieses Bauchgefühl gehabt. Doch das änderte nichts an der Tatsache, dass sie behauptet hatte, dass sie verlobt war. Auch wenn er sie gewollt hatte. Auch wenn er sie hatte küssen wollen.

Sie in seine Arme schließen und nie wieder loslassen.

Die schiere Wucht dieses Gefühls hatte seine Welt in ihren Grundfesten erschüttert.

Und ihn beinahe dazu gebracht, seine Regeln zu brechen und sie zu küssen – auch wenn er da noch in dem Glauben gewesen war, dass sie einem anderen Mann gehörte.

Die Wahrheit änderte nichts an der Tatsache, dass er sie beinahe geküsst hätte, *während* er im Glauben gewesen war, dass sie einem anderen gehörte. Es machte ihn unglaublich wütend auf sich selbst. Wenn es eines gab, das er von sich glauben wollte, dann, dass er ein Mann von Ehre war.

Doch sonderlich ehrenhaft fühlte er sich jetzt nicht. Er hätte beinahe der Versuchung nachgegeben und dieser Gedanke nagte an ihm.

Aber sie ist nicht verlobt.

Das Wissen hatte eine Woge der Begeisterung in ihm ausgelöst, die jedoch ganz schnell wieder abgeebbt war.

Wenn eine Frau eine kleine Lüge erzählte (auch wenn eine nicht existente Verlobung nicht gerade eine kleine Lüge war), wie sollte er dann wissen, dass sie nicht wieder lügen würde, und dann vielleicht über etwas, das noch viel bedeutsamer war? Doch er erinnerte sich daran, dass auch er kein Heiliger war. Auch er hatte in seinem bisherigen Leben die Wahrheit mehr als einmal verbogen. Dennoch – sie hatte die Wahrheit nicht nur verbogen. Sie hatte mehrmals behauptet, dass sie verlobt war.

„Wirst du es Sally Ann sagen?", fragte er steif.

Ihre Arme waren vor ihrem Bauch verschränkt und ihr Mund war angespannt. Es gefiel ihm gar nicht, ihren hübschen Mund so hart zu sehen. Er wollte ihre Lippen weichküssen, damit sie wieder so lächelten wie vorhin, als sie ihn in Versuchung geführt hatten.

Er schloss die Hände fester um das Lenkrad und starrte geradeaus auf die Straße.

„Ich–", begann sie, hielt dann jedoch inne, und er warf ihr einen kurzen Blick zu.

„Das war keine schwere Frage." Sein Ärger nagte immer noch an ihm. Ihre Lüge war nicht so schlimm wie andere, die er in seinem Leben gehört hatte, doch sie traf ihn tiefer als alle anderen zuvor. Er warf ihr einen finsteren Blick zu. *Das war lächerlich.*

Wut loderte in ihren Augen auf. „Ja, ich werde es ihr sagen."

Er versuchte, nicht zu reagieren, als sie ihre Schultern hängen ließ und aus dem Fenster starrte. Er musste sich gegen den Impuls wehren, den Truck anzuhalten und sie zu sich umzudrehen; sie an sich zu ziehen und zu fragen, warum sie gelogen hatte. Doch er wusste es bereits. Sie hatte es ziemlich deutlich gesagt. Sie wollte nicht, dass ihre Tante versuchte, sie mit einem Presley zu verkuppeln.

Sie fand die Idee so furchtbar, dass sie gelogen hatte.

Was für ein ernüchternder Gedanke, der genügte, um ihm klarzumachen, dass er sich zurückzuziehen hatte. Denn es war egal, wie sehr er sich zu ihr hingezogen fühlte, wie sehr er von ihr besessen war. Sie wollte nicht hier in Ransom Creek bleiben.

Sie wollte nicht hier sein.

Und hier war der einzige Ort, an dem er sein wollte.

KAPITEL FÜNF

Jenna arbeitete an ihrem Computer an Marketingideen für die niedliche Pension und Sally Anns Trödelschätze. Sie versuchte, sich auf ihre Mission zu konzentrieren: sich einen Marketingplan einfallen lassen, der ihrer Tante helfen würde, mehr Gäste und Kunden anzuziehen. An sich keine schwere Aufgabe. Sie hatte zahllose ähnliche Projekte abgewickelt, doch aus irgendeinem Grund fiel es ihr heute schwer, sich zu konzentrieren.

Der Grund war so offensichtlich wie die sonnengelbe Truhe, die heute Morgen geliefert worden war und jetzt in ihrem Sichtfeld stand, charmant und nervtötend zugleich. Ganz wie Shane Presley, der allein dafür verantwortlich war, dass sie heute nichts zustande brachte.

Sally Ann war nebenan und brachte gerade ein Paar, das das Wochenende in der Pension verbringen würde, zu seinem Zimmer. Sie wollten sich die Antiquitäten in Sally Anns Laden ansehen – „trödeln", wie sie es nannte. Auch wenn die Straßen noch immer vereist waren, hatten die beiden ihre Reservierung nicht storniert wie die beiden anderen Paare, die fürs Wochenende gebucht hatten. Sie spürte, dass ihre Tante ein bisschen erleichtert war. Wenn sie auch den Büchern nach nicht darauf angewiesen war, dass die Pension immer ausgebucht war, half es, ein Polster zu schaffen, wie Sally Ann es ausdrückte.

Wenn Jenna mehr Aufmerksamkeit auf den Trödelladen und die Pension lenken konnte, dann würde es ihrer Tante helfen, sich ein noch angenehmeres Polster zu schaffen. Und es würde dem Ort auch helfen. Sally Ann hatte ein gutgehendes Geschäft, doch es gab noch andere Läden hier, die auch Antiquitäten und Trödel führten. Alle waren

Rentner, die ihre Rente mit ein bisschen Handeln aufbesserten. Natürlich gab es auch ein paar, die es nur taten, um sich die Zeit zu vertreiben, doch alle Boote hoben und senkten sich nun einmal mit den Gezeiten. Dieser Satz passte perfekt zu der kleinen Gemeinde. Einer Gemeinde, die von den Ranches getragen wurde, die sie umgaben. Cowboys kauften wenig Trödel und ganz sicher keine hochwertigeren Antiquitäten. Jenna war sich nicht sicher, warum all diese Leute ihre Läden ausgerechnet in Ransom Creek eröffnet hatten. *Hatten sie denn noch nie etwas von Demographie gehört?* Doch das war nicht ihr Job. Ihre Tante hatte sie gebeten, ihr zu helfen, mehr Kunden anzuziehen. Nicht, um den anderen zu erklären, warum das Geschäft schleppend lief.

Und wenn sie sich nicht bald zusammenriss, würde sie nichts zustande bringen.

Sie musste Sally Ann die Wahrheit sagen.

Und das war ein Problem.

Sie hielt inne und rieb sich die Schläfen. Sobald sie ihrer Tante sagen würde, dass sie nicht verlobt war, würde die Hölle losbrechen. Ihre Tante würde gnadenlos versuchen, sie dazu zu bringen, hier zu bleiben und sie mit einem Presley zu verkuppeln.

Was war sie – eine Maus? Sie sollte doch in der Lage sein, ihrer süßen Tante Paroli zu bieten!

Doch die süße Tante war eher eine wild entschlossene, dickköpfige Tante.

Sie seufzte, als die Tür aufging.

„Was ist? Fühlst du dich nicht gut?" Sally Ann trat ein. Sie trug einen schweren Schaffellmantel und ihren verbeulten Cowboyhut. Sie sah aus wie eine Rancherin, die gerade vom Viehtrieb kam.

„Nein, alles gut. Nur ein bisschen Kopfschmerzen."

Ihre Tante sah sie besorgt an. „Du arbeitest zu viel an diesem Ding. Schalt ihn aus. Das hat Zeit."

„Es liegt nicht am Computer."

„Nein? Dann muss es an Shane liegen. Du bist ziemlich still gewesen, seit er dich gestern nach Hause gebracht hat. Gutaussehender Hund. Aber ich weiß ja, dass du verlobt bist und so weiter. Spürst du die Versuchung?"

Sie hätte beinahe gelacht. *Versuchung. Wenn sie*

nur wüsste! Seufzend faltete sie die Hände auf ihrem Schoß und sah ihre Tante an. „Ich muss dir was sagen."

„Was denn? Du siehst aus, als hättest du deinen besten Freund verloren." Tante Sally Ann eilte zu ihr. „Bist du krank?" Sie legte ihre Hand auf Jennas Stirn.

„Nein. Ich habe meinen Verlobten verloren."

„Oh, Honey, das tut mir so leid." Sally Ann sah sie argwöhnisch an. „Gerade eben? Hat er angerufen und Schluss gemacht? Was für eine furchtbare Art, es zu erfahren."

„Nein, so ist es nicht passiert. Er hat die Verlobung gelöst, bevor ich hergekommen bin."

„Ach so? Dann ist das der Grund, weswegen du keinen Ring trägst?"

Sie nickte und wartete darauf, dass ihre Tante verärgert reagierte. Dass sie wütend wurde, weil sie sie angelogen hatte.

„Dann hat dieser Typ dich nicht verdient. Wenn er dumm genug ist, dich gehen zu lassen, dann bist du ohne ihn besser dran. Bist du okay?"

Sie blinzelte ihre Tante an. Sie war so ein lieber

Mensch. Sie war nicht wütend auf Jenna, sondern auf Mason. Plötzlich fühlte sie sich erbärmlich, weil sie Sally Ann nicht von Anfang an die Wahrheit gesagt hatte. Und sie war erleichtert, nicht mehr die Last der Lüge auf ihren Schultern zu spüren.

Dann nahm ihre Tante sie in die Arme. „Vergiss ihn einfach. Wir gehen zusammen zum Silvesterball, und du wirst dich entspannen und Spaß haben."

Shane blickte finster drein, während er das Seil beobachtete, das er nach dem Kalb geworfen hatte. Es legte sich um den Hals des Tiers, und als es versuchte, die Flucht zu ergreifen, zog es sich straff. Er sprang aus dem Sattel, da er wusste, dass das Pferd stehenbleiben würde, und hielt das Seil gespannt, als er sich dem Kälbchen näherte. Es war schwach. Er hatte den ganzen Morgen gebraucht, es zu finden, nachdem sie beim Zählen bemerkt hatten, dass eines der Neugeborenen fehlte. Er hatte schon befürchtet, dass ein Kojote es geholt hatte, und war erleichtert gewesen, als er es auf der nächsten Weide gefunden hatte. Etwas hatte das Tier erschreckt, und er konnte an den Stacheldrahtkratzern auf seiner Nase sehen, dass es sich durch den Zaun gequetscht haben musste. Er nahm es auf den Arm, schwang sich wieder in den Sattel und legte das Kälbchen quer über seine Beine. Dann ritt er zurück zur Ranch.

Er war die letzten zwei Tage abgelenkt gewesen – seitdem er die Wahrheit über Jenna erfahren hatte. Sie hatte kein Interesse daran, in Ransom Creek zu bleiben, warum also bekam er sie nicht aus dem Kopf?

Etwas an ihr sagte ihm, dass sie mehr für ihn sein könnte, wenn er zuließ, dass er sich in sie verliebte. Er kannte sie kaum, und dennoch sehnte er sich danach, in ihrer Nähe zu sein. Selbst das Wissen, dass sie gelogen hatte und dass sie bald wieder nach Hause zurückkehren würde, änderte nichts daran.

Er musste eine masochistische Ader haben. Und heute Abend, beim Silvesterball, würde er sie sehen. Der Gedanke verdarb seine Laune noch weiter.

Wie konnte ein Mann sie nicht heiraten wollen? Die Frage verfolgte ihn, seit er sie am Trödelladen abgesetzt hatte. Wer war er, sie zu verurteilen? Es ging ihn nichts an, also warum ärgerte es ihn so, dass sie gelogen hatte?

Weil er ihr wichtig sein wollte.

Er ritt zu den Häusern der Ranch. An diesem Morgen war viel los – sie hatten die Kälber von den Muttertieren getrennt und jetzt mussten sie zur Auktion gebracht werden.

Er ritt zum Pferch am Kalbungsstall und stieg ab, dann trug er das Kälbchen hinein. Brice war da und fütterte ein verwaistes Kälbchen. Zu dieser Jahreszeit kamen andauernd neue Kälber zur Welt. Bei der Größe ihrer Herde war die Sorge für die Kälber allein schon ein Vollzeitjob, und ganz besonders im Januar. Unerwartete Eisstürme brachten die Muttertiere dazu, ihre Kälbchen früher zur Welt zu bringen, darum hatten sie sie alle auf einer eng abgegrenzten Weide zusammengetrieben, um sie leichter versorgen zu können.

„Habe schon wieder eins. Die Mutter hat es abgelehnt."

„Kommt es durch?"

„Ja, ich habe es schnell genug bemerkt. Wenn ich

es nicht heute Morgen gefunden hätte, wären die Aussichten nicht so gut."

Shane setzte das Kälbchen in eine Box, holte frisches Heu und breitete es aus, um ihm ein weiches Lager zu machen. Dann ging er zu einer Miniküche, wo er eine Flasche Ersatzmilch mischte. Sie hatten jedes Jahr Waisen – es war ein Teil des Lebens auf der Ranch. Manchmal starb das Muttertier, und manchmal waren sie einfach keine guten Mütter und lehnten ihre Kälbchen ab. Diese Mutter war ein besonders bedenklicher Fall, denn das war das dritte Kälbchen, das sie ablehnte. Darum würde sie mit der nächsten Ladung Vieh verkauft werden. Sie hatten sowieso schon mehr Geduld mit ihr bewiesen, als üblich war, doch das war seine Schuld. Er kehrte zurück zur Box, öffnete die Tür und ging hinein. Er kniete sich hin und bot dem Kälbchen die Flasche an. Zunächst ignorierte es sie, doch nach vielem Locken und Überreden begann es zu trinken; zaghaft zuerst, dann gierig. Es musste hungrig sein, da es seit der Geburt nicht viel gegessen hatte. Es war ein Wunder, dass es nicht erfroren war, bevor er es gefunden hatte.

Jetzt, wo es wusste, dass sein Essen aus der Flasche kam, musste Shane nicht mehr viel tun.

„Bist du jetzt besser gelaunt?", fragte Brice ihn von der Box nebenan. „Seitdem du Sally Anns Nichte zu den Mustangs mitgenommen hast, bis du ein Kotzbrocken gewesen. Wie nach einem Streit unter Liebenden. Hast du dich mit Jenna gestritten?"

Er warf ihm einen finsteren Blick durch die Latten zu, die die Boxen voneinander trennten. „Wie kommst du denn darauf? Ich habe ihr nur die Pferde gezeigt. Die Appaloosa-Stute hat ihr gefallen." Er wusste, dass sein Bruder quasi riechen konnte, dass er Gefühle für Jenna hatte. Brice war nicht dumm. Und sein Grinsen war der Beweis dafür.

„Drake hatte Recht. Du magst das Mädchen wirklich. Aber sie ist verlobt. Das weißt du schon, oder?"

Warum sollte er es leugnen? „Nein, ist sie nicht. Sie haben die Verlobung gelöst, bevor sie hergekommen ist."

Brice stieß einen leisen Pfiff aus. „Kein Witz?"

„Hilft mir auch nicht weiter. Sie hat mehr als klar

gemacht, dass sie kein Landmensch ist. Sobald sie die Marketingkampagne für ihre Tante auf die Beine gestellt hat, ist sie wieder weg."

„Sie könnte ihre Meinung ändern."

„Würdest du darauf wetten?"

„Du magst sie wirklich. Ich glaube nicht, dass du je so reagiert hast. Sie muss dir wichtig sein."

Er beobachtete, wie das Kälbchen gierig trank, und suchte nach einer Antwort. Sein Bauchgefühl sagte ihm, dass Jenna ihm wichtig war. So irrational es auch war, er empfand nun einmal so. Sofort dachte er an ihre Arme, die sie um seinen Hals geschlungen hatte, als er sie bei ihrer ersten Begegnung gehalten hatte. An das unsichere Lächeln, als sie ausgerutscht war und sich an ihm festgeklammert hatte.

Es gefiel ihm, sie zu beschützen. Sie vom Fallen abzuhalten… und der Gedanke, dass ihr Ex-Verlobter ihr wehgetan hatte, ärgerte ihn. Er wünschte sich, er hätte sie davor beschützen können.

Und doch war er wütend gewesen, als sie ihm die Wahrheit gesagt hatte.

Sie war frei, doch das half ihm auch nicht weiter.

„Das Beste, was ich tun kann, ist, Abstand zu halten, sie ihre Arbeit machen und dann wieder gehen zu lassen."

Brice sah ihn ernst an. „Du meine Güte. Du bist im Begriff, dich in sie zu verlieben."

Er brummte und beobachtete das Kälbchen. „Lass gut sein, Brice. Sie wird bald wieder verschwunden sein, und bei der Abreise sicher nicht noch einmal umdrehen."

„Wer wird sich nicht noch einmal umdrehen?" Drake kam mit zwei Kälbchen unter den Armen herein. „Hab diese beiden da draußen gefunden, halb erfroren. Was ist dieses Jahr nur mit den Muttertieren los?"

„Bei all den Kälbern, die diese Woche zur Welt gekommen sind, sind vier gar nicht so viel." Brice stand auf und übernahm eines der Neugeborenen.

„Hast wohl Recht. Und das kalte Wetter bringt sie früher raus als erwartet. Aber wer dreht sich nicht noch einmal um? Ihr zwei habt ziemlich angespannt gewirkt, als ich reingekommen bin. Geht's um Jenna?"

Shane warf seinem älteren Bruder einen Blick zu.

„Wie kommst du darauf, dass es um Jenna geht?"

Drake setzte sein Kälbchen in die Box neben Shanes. „Es geht das Gerücht, dass Sally Ann der Meinung ist, dass du und ihre Nichte ein schönes Paar abgeben würdet, wenn sie nicht verlobt wäre."

„Es geht das Gerücht? Du meinst wohl, Tante Trudy hat das gesagt…"

Drake schmunzelte. „Natürlich. Aber, Kumpel, sie ist verlobt. Nur für den Fall, dass du was für sie empfindest, was du nicht empfinden solltest."

Shane brummte, als ihm bewusst wurde, dass Jenna es Sally Ann noch nicht gesagt hatte, wenn Tante Trudy immer noch hinter vorgehaltener Hand tuschelte.

Brice setzte sein Kälbchen ab. „Sie ist nicht verlobt. Sie hat es ihm vor zwei Tagen gebeichtet."

„Echt jetzt?" Drake lehnte sich über die Abtrennung der Box und sah ihn an. „Weiß Sally Ann davon? Tante Trudy weiß auf jeden Fall von nichts."

„Nach dem, was du gerade gesagt hast, ist mir ziemlich klar, dass sie es ihrer Tante noch nicht erzählt hat."

Drake sah ihn skeptisch an. „Warum?"

„Komm schon, denk doch mal logisch. Das ist ihre einzige Abwehrmaßnahme gegen Sally Anns und Trudys Versuche, sie mit einem von uns zu verkuppeln."

Drake und Brice schüttelten den Kopf.

„Klingt logisch", sagte Drake.

Brice nickte. „Wenn ich eine Frau wäre, würde ich das vielleicht auch tun, wenn ich befürchten müsste, dass sie meinen ganzen Besuch über versuchen, mich unter die Haube zu bringen."

Shane musste zugeben, dass seine Brüder Recht hatten. Plötzlich kamen ihm ihre Gründe gar nicht mehr so verwerflich vor. „So ausgedrückt klingt es, als wäre es gut, es weiter geheim zu halten, doch ich hatte erwartet, dass sie Sally Ann inzwischen die Wahrheit gesagt hat." Er machte sich Sorgen, dass Jenna die Gefühle ihrer Tante verletzen könnte, wenn sie herausfand, dass Jenna sie belogen hatte. Sally Ann und ihre Tante waren gute Menschen. Die Besten. Die Tatsache, dass sie davon besessen waren, ihn und seine Brüder zu verkuppeln, war zwar lästig, doch bisher war es ihnen weitgehend gelungen, Amors Pfeilen zu entgehen.

Das Problem war nur, dass Jenna irgendetwas an sich hatte, das ihn innehalten ließ, und plötzlich war er gar nicht mehr so darauf versessen, Amors Pfeilen auszuweichen.

KAPITEL SECHS

Der Silvesterball war ein gemeindeweiter Hit. Alle Parkplätze rund um das Gemeindezentrum waren belegt. Jenna war sich nicht sicher gewesen, was sie anziehen sollte. In Seattle hätte sie sich mit einem kleinen Schwarzen oder einem roten Kleid in Schale geworfen, doch hier war sie nervös geworden, als sie ihren Koffer nach Ideen durchwühlt hatte. Sie hatte eiligst gepackt und war dabei nicht wirklich in Partylaune gewesen. Doch zum Glück hatte sie eine schwarze Hose und hohe Absätze eingepackt, auch wenn sie an das Fiasko mit ihren hochhackigen Stiefeln auf der vereisten Straße dachte. Doch sie liebte

High Heels, und es war nun einmal eine Party. Sie fand eine cremefarbene Seidenbluse, die für eine Party funktionieren würde. Sie war perfekt, denn sie war sich nicht sicher, ob die Leute Jeans und Stiefel tragen oder ob sie sich auftakeln würden.

Sie half Tante Sally Ann dabei, den Desserttisch zu organisieren, als sie Shane hereinkommen sah. Sofort wurde ihr Mund trocken, und ihr wurde warm. Er sah perfekt aus in dunklen Jeans und einem sorgfältig gebügelten weißen Hemd und einer Wildlederjacke. Seine Gürtelschnalle reflektierte das Licht, als er sich umdrehte und im Raum umsah. Als sich ihre Blicke kreuzten, machte ihr Magen einen Sprung, als er ihr ein sexy Lächeln zuwarf.

Keine gute Idee.

„Der Junge hat nur Augen für dich", sagte Sally Ann und riss sie damit aus ihrer Trance.

„Ach was", leugnete sie.

„Mit deinem gebrochenen Herzen kannst du vielleicht nicht sehen, was unter deiner Nase vor sich geht, aber ich sehe es, und dieser Cowboy da bringt dich zum Strahlen, wenn er den Raum betritt. Du machst übrigens dasselbe mit ihm. Trudy und ich haben es neulich im Diner gesehen. Und natürlich war da die Nacht, in der er dich zu mir gebracht hat, nachdem er dich aus dem Straßengraben gerettet hatte. Das war so was von niedlich, wie er dich hochgehoben und auf meiner Veranda abgesetzt hat."

Die Erinnerungen waren überaus lebhaft in ihrem Kopf, und sie brauchte nicht die Bemerkungen ihrer Tante, um sie wachzurufen, doch das sagte sie nicht, denn das würde Tante Sally Ann nur Anlass zur Hoffnung geben, dass aus ihr und Shane etwas werden könnte. Zugegebenermaßen brachte dieser Mann ihr Innerstes ordentlich durcheinander, und dieses Prickeln, wenn er in der Nähe war … nicht, dass sie bisher Prickeln notwendigerweise für romantisch gehalten hätte, doch das war, *bevor* es im Zusammenhang mit Shane aufgetreten war. Und jetzt, als sie Shane auf sich zukommen sah, war es wieder da, dieses Gefühl.

Zielstrebig beschrieb seine Körperhaltung und seine Miene am besten. Sie konnte den Blick nicht abwenden. Ihr Herz pochte, als seine grünen Augen in ihre brannten. Er nahm den Hut vom Kopf, als er näherkam, und plötzlich schien um sie herum nichts mehr zu existieren. Es waren nur sie beide. Allein, gefangen in der Zeit.

Ihr stockte der Atem, und sie hätte schwören können, dass ihre Knie schmelzen und er sie in einer Pfütze zu ihren Füßen finden würde.

Das entsprach nicht der Frau, als die sie sich sonst sah, doch im Moment kam sie sich vor wie ein Eis am Stiel an einem heißen Tag in Texas. Irgendjemand mit einem Tablett voller Getränke ging an ihr vorbei, und sie nahm ein Glas roten Punsch und trank ihn so gierig, als wäre sie tagelang durch die Wüste gewandert. – In gewisser Weise war das ja auch so.

„Können wir reden?", fragte er in dem Moment, als er sie erreichte.

Alles an ihm strahlte seine Anspannung aus. Aus der Nähe konnte sie die Fältchen um seine Augen sehen und wünschte sich, es wären Lachfältchen. Wünschte sich, seine Augen glitzerten wie in dem Moment, als er sie angesehen hatte, als sie zusammen durch den Schnee gerollt waren. Ihr Magen flatterte beim Gedanken daran. Doch anstatt des Glitzerns waren seine schönen Augen aufgewühlt und voller Schatten.

Sie schluckte schwer; fühlte sich hohl. „Sicher." Sie warf ihrer Tante, die die Szene interessiert beobachtete, einen Blick zu. Deren Augen glitzerten genug für alle. „Bin gleich wieder da, Tante Sally Ann."

„Lass dir nur Zeit. Ich mach das hier schon. Shane, entspann dich. Du siehst aus, als hätte jemand Hosenreißer mit dir gespielt, und das steht dir nicht. Besonders, wenn du dich mit dem hübschesten Mädchen weit und breit *unterhalten* willst."

Sie kniff die Augen zusammen, doch Tante Sally Ann kicherte nur. „Verschwindet schon", sagte sie und scheuchte sie mit einer Geste weg.

Sie gingen durch das Gebäude, und er blieb stehen, um sich nach einem ruhigen Ort umzusehen. Auf der Rückseite des Gebäudes waren Glastüren, die auf eine Terrasse führten, auf der ein paar Heizgeräte standen. Als er in diese Richtung losging, folgte sie ihm.

Sobald sie draußen neben einem der großen Heizgeräte standen, drehte sie sich zu ihm um und verschränkte die Arme, als ihr bewusst wurde, dass sie keine Jacke anhatte. Das Heizgerät gab Wärme ab, doch gegen die Kälte kam es nicht an. Besonders mit der Kälte, die sie von Shane ausgehen spürte.

„Dir ist kalt." Er zog seine Jacke aus und hängte sie ihr um. Seine breiten Schultern in dem weißen, gestärkten Hemd zogen ihre Blicke an, und sein Duft, der sie einhüllte, ließ sie die Jacke fester um sich ziehen. Himmlisch.

„Du hast es ihr nicht erzählt. Meine Tante Trudy wüsste es, wenn du es ihr erzählt hättest, aber mein Bruder sagt, Tante Trudy glaubt immer noch, dass du verlobt bist."

Wut loderte in ihr auf. „Schau, ich habe dir nicht die ganze Wahrheit erzählt – okay, ich habe gelogen. Doch ich hatte einen guten Grund, nicht, dass das die Lüge rechtfertigt, doch ich hatte mich nun einmal dafür entschieden. Aber natürlich bin ich mir sicher, dass *du* nie einen solchen Fehler gemacht hast. *Du* würdest offensichtlich nie einen solchen Fehler machen. Aber was deinen Vorwurf angeht – ich *habe* es ihr gesagt. Vielleicht haben die Buschtrommeln es nicht ganz so schnell verbreitet, wie du erwartet hattest."

Er zuckte zusammen.

„Es ist drei Tage her. Hast lange genug gebraucht, es ihr zu sagen."

Sie holte scharf Luft. „Ohhh", sie verzog das Gesicht. In diesem Moment mochte sie ihn gar nicht. *Was bildete er sich eigentlich ein, wer er war?* Sie rang um Beherrschung. Sie zog seine Jacke aus, hielt sie ihm entgegen – und wurde noch wütender, weil sie sofort den ledrig-männlichen Duft vermisste. „Hier ist deine Jacke. Und nur zu deiner Information: auch wenn es dich rein gar nichts angeht, habe ich es ihr vor zwei Tagen gesagt. Du kannst dich also entspannen, ich habe meine Sünden gebeichtet. Und jetzt kannst du mich in Frieden lassen. Ich brauche niemanden, der für mich Gewissenspolizei spielt."

Er griff nur langsam nach seiner Jacke, doch das war ihr egal. Sie ließ los und wirbelte herum. Sollte er doch die Jacke vom Boden aufheben. Sie stürmte zur Tür und wollte sie aufreißen, doch dann wurde ihr bewusst, dass sie nach innen öffneten. Sie schnaubte und schob sich in den warmen Raum, in dem sich fröhliche Stimmen mit der Musik mischten. Ihr war zum Heulen zumute, und das machte sie nur noch wütender.

Doch alles war gut. Sie mochte das Landleben nicht und würde nicht mehr viel länger hier sein.

Und das war gut so.

„Na, das ist ja gut gelaufen." Drake trat zu ihm an das Heizgerät.

Shane riss den Blick von Jenna los und starrte seinen Bruder an. „Wo kommst du denn jetzt her?"

„Ich habe mir die Regenrinne und das Fallrohr angesehen. Du weißt doch, dass ich im Stadtrat bin, und wir sind für das Gebäude verantwortlich. Jemand hat gesagt, dass da was leckt. Naja, und als ihr rausgekommen seid und euch sofort an die Gurgel gesprungen seid, habe ich da drüben im Schatten festgesessen. Wollte euch nicht stören. Oder willst du mir sagen, dass das falsch war? Willst du mir sagen, wie ich hätte reagieren sollen?"

„Nein", knurrte Shane.

„Gut, denn ich habe es ganz sicher nicht nötig, mir von dir sagen zu lassen, was richtig oder falsch ist. Ich habe mich entschieden, euch nicht zu stören. Und ich will mich ja nicht einmischen, aber, Mann, du nimmst dir ganz schön was raus. Du kennst das Mädchen kaum und willst ihr Vorschriften machen, wie sie ihr Leben zu führen hat. Wenn ich eine Frau kennenlernen würde und sie versuchen würde, mir vorzuschreiben, wie ich zu handeln habe, würde ich die Beine in die Hand nehmen und die Flucht ergreifen. Du im Übrigen auch."

Er sah seinem Bruder in die Augen. Er wusste, dass Drake Recht hatte. „Und wenn schon. Es ist sowieso egal. Sie hat unmissverständlich deutlich gemacht, dass sie gelogen hat, damit sie sich nicht mit den Versuchen ihrer Tante, sie mit einem von uns zu verkuppeln, herumschlagen muss."

„Na, wenn das so ist, ist ja alles gut. Ist verflixt kalt hier draußen. Ich gehe mir eine Tanzpartnerin suchen und mich aufwärmen."

Shane starrte in die Dunkelheit, nachdem Drake zurück ins Gebäude gegangen war. Nicht mehr lange bis Mitternacht und alle würden feiern. Doch ihm war nicht zum Feiern zumute – und die einzige Person hier, die er küssen wollen würde, würde ihm wahrscheinlich vors Schienbein treten, wenn er es versuchte.

Er ging um das Gebäude herum zu seinem Truck. Für ihn gab es keinen Grund, hier zu bleiben, darum konnte er auch genauso gut nach Hause fahren.

Cooper und Beth kamen gerade um die Ecke.

„Hey Shane", sagte sein jüngerer Bruder. „Was ist los? Gehst du etwa schon?"

„Hi." Beth umarmte ihn. Er mochte Beth wirklich und war der Meinung, dass Cooper sich selbst übertroffen hatte, als er sie geheiratet hatte. „Du siehst unglücklich aus", bemerkte sie.

„Ja, was ist los?", fragte Cooper.

„Ich hab mich entschlossen, nach Hause zu fahren."

Beth sah ihn irritiert an. „Aber ich habe gehört, dass du und Sally Anns Nichte euch *mögt.*" Dabei malte sie mit den Fingern Anführungszeichen in die

Luft.

„Wo hast du denn das gehört?", fragte er und kam sich dabei ein bisschen kindisch vor.

Cooper nahm Beth in den Arm und schmunzelte. „Von Tante Trudy. Sie war richtig aufgeregt, weil Sally Ann sie gerade angerufen und ihr gesagt hat, dass Jenna nicht mehr verlobt ist."

„Sie hofft, dass das eine gute Entwicklung für dich ist." Beth legte ihre Hand auf Coopers Brust und tätschelte sie. „Wie, als ich und dieser gutaussehende Cowboy zusammengekommen sind. Das war das Beste, das mir je passiert ist."

Cooper beugte sich vor und küsste ihre lächelnden Lippen, als sie zu ihm aufblickte.

Shane stöhnte innerlich, als er die beiden Turteltauben beobachtete, und ertappte sich plötzlich dabei, dass er sie beneidete. Dann war da noch die Tatsache, dass seine Tante davon gewusst und er sich auf veraltete Informationen verlassen hatte. Er knirschte mit den Zähnen und ließ den Kopf hängen. Er schuldete Jenna eine Entschuldigung, und was machte er? Schlich sich wie eine beleidigte Leberwurst vom Tanz weg. Kein schöner Gedanke.

„Siehst definitiv nicht glücklich aus", bemerkte Cooper gedehnt.

„Ja, sieht aus, als hätte ich einen Fehler gemacht, den ich dringend wieder gutmachen muss."

Beth lächelte. „Ich weiß nicht, wofür du dich entschuldigen musst, aber wenn du es tust, bin ich mir sicher, dass sie dir das als Pluspunkt anrechnen wird. Genug Pluspunkte helfen wirklich, einen Fehler aufzuwiegen." Sie zwinkerte ihm zu. „Du siehst ziemlich mitgenommen aus. Ich würde fast sagen, dass Tante Trudy Recht hatte."

Cooper zog eine Augenbraue hoch, fügte jedoch nichts hinzu.

Shane wollte nicht über seine Gefühle für Jenna reden, wo er sie noch nicht einmal selbst verstand. Doch er schenkte Beth und Cooper ein leises Lächeln. „Danke. Ich bin froh, dass ich euch begegnet bin. Das zwischen mir und Jenna ist kompliziert. Da ist mehr als gegenseitige Anziehung. Doch da ist auch noch die klitzekleine Tatsache, dass sie weder eine neue Beziehung noch auf dem Land leben will." Das war viel mehr, als er eigentlich hatte sagen wollen. „Ich sollte besser wieder reingehen. Geht ihr nur vor, ich komme gleich nach."

Cooper schmunzelte. „Klingt nach einem guten Plan. Und übrigens, Bruderherz – *kompliziert* ist kein Ausschlusskriterium. Das haben andere auch überwunden."

Beth versetzte Cooper einen Klaps auf den Arm und kicherte, während er sie in Richtung Eingang schob. „Viel Glück!", rief sie, dann trat sie durch die Tür, die Cooper ihr aufhielt, ein.

Shane hielt die Tür und ließ Cooper Beth folgen, bevor er noch einmal tief Luft holte, um einen klaren Kopf zu bekommen, und ins Gemeindezentrum zurückkehrte.

Es war an der Zeit, sich Jenna noch einmal zu stellen.

KAPITEL SIEBEN

Tim McGraws angenehme Stimme drang aus den Lautsprechern, und etliche Paare tanzten auf der Tanzfläche. Jenna war aufgewühlt in den Saal zurückgekehrt. Sie war noch nie so wütend gewesen wie in dem Moment, als Shane sich ein ungerechtfertigtes Urteil über sie gebildet hatte.

Genau das hatte er getan.

Der Dampf stieg ihr wahrscheinlich aus den Ohren, denn Tante Sally Ann sah sie nur kurz an und zog sie in den leeren Küchenbereich.

„Honey, was ist passiert?"

„Er macht mich verrückt." Sie verkniff es sich,

mehr zu sagen. Es fühlte sich viel zu persönlich an, selbst, um es ihrer süßen Tante zu sagen. Doch sie hatte bereits die Trennung von Mason für sich behalten und war hin- und hergerissen, ihr noch mehr vorzuenthalten. „Er ist der Meinung, dass ich ein schlechter Mensch bin, weil ich niemandem gesagt habe, dass ich nicht mehr verlobt bin." Sie war noch genauso aufgebracht, wie sie es draußen gewesen war.

„Shane hat das gesagt?" Tante Sally Anns Augen loderten. „Ich muss diesem Cowboy wohl mal gehörig die Meinung geigen! Was bildet er sich ein?"

Jennas Magen rebellierte, und sie kämpfte gegen die Tränen an. *Sie würde nicht weinen.* Doch es tat mehr weh, als der Moment, als Mason sie abserviert hatte. Und das konnte sie einfach nicht verstehen.

„Bitte sag nichts", flehte sie ernüchtert. „Er hat es um deinetwillen getan. Er hatte das Gefühl, dass ich dich hintergehe. Und es tut mir leid, falls du das Gefühl hattest."

„Also, selbst, wenn er es um meinetwillen gesagt haben will, die Wahrheit ist, dass du mir nichts sagen musst, was du mir nicht sagen willst. Das geht nur dich etwas an. Ich mag nur nicht, wenn du ohne die Unterstützung derer, die dich lieben, so eine schwere Zeit durchmachst." Sally Ann streichelte ihre Wange. „Ich denke allerdings, dass er, wenn er so dermaßen überreagiert, genauso starke Gefühle haben muss, was dich angeht." Sie lächelte strahlend. „Ja wirklich. Das glaube ich. Trudy wird begeistert sein."

So viel dazu, ihrer Tante keine Hoffnungen zu machen. „Ich bleibe nicht in Ransom Creek, Tante Sally Ann. Bitte gewöhn dich nicht zu sehr daran, mich hier zu haben."

„Pustekuchen. Du bist vielleicht ein Mädchen aus der Stadt und er ein Junge vom Land, doch Herzen können Berge versetzen und Leute dazu bringen, ihre Prioritäten zu überdenken. Du könntest deine Meinung ändern."

Jenna seufzte und lächelte schwach. „Vielleicht sollten wir all das Drama für den Moment vergessen und nachsehen gehen, dass auch genug Essen auf dem Buffet steht."

„Gute Idee. Und wenn Shane zur Vernunft kommt, kann er dich da leicht finden. Oder ich kann ihn finden und ihm die Leviten lesen."

Sie stand wieder am Buffet, als sie eine tiefe Stimme hinter sich hörte. „Bist du okay?"

Sie verspannte sich sofort, als sie Shanes Frage hörte. Seine Stimme war sanft und sein Ton das Gegenteil von vorhin. Sie straffte sich und drehte sich zu ihm um. Da stand er und sah so unverschämt attraktiv aus, dass sie hastig alle verfügbaren Sperren zwischen ihn und ihr Herz warf. *Sie mochte ihn nicht,* erinnerte sie sich. *Er war ein voreingenommener, verbohrter Cowboy, der auf einem verflixt hohen Ross saß.*

„Ich muss mich bei dir entschuldigen. Was ich gesagt habe, war unangemessen. Ich hatte kein Recht, über dich oder dein Privatleben zu urteilen. Du und nur du hast das Recht zu entscheiden, ob du deiner Tante von der Trennung von deinem Verlobten erzählen willst. Ich kann nur hoffen, dass du meine Entschuldigung annimmst. Es tut mir wirklich leid, dass ich diese Grenze überschritten habe."

Seine Worte entwaffneten sie. Sie kamen so unerwartet und von Herzen. Sie regte sich nicht, sagte nichts und ließ sie auf sich wirken.

„Ich verstehe es, wenn du mir nicht verzeihen kannst. Ich wollte nur, dass du weißt, dass es mir leidtut und dass ich bereue, was ich gesagt habe." Als er sich zum Gehen wandte und sie ihm nachblickte, schien sich ihr Herz verknoten zu wollen.

„Shane", rief sie ihm leise hinterher, beinahe zu leise, als dass er es über die Musik hören konnte, doch er drehte sich um. Ihr Puls stolperte. „Möchtest du einen Punsch?" Etwas Besseres fiel ihr in diesem Moment nicht ein. Ihr Herz fing an, Rumba zu tanzen, als er nickte und langsam zu ihr zurück kam.

„Gerne."

Sie machte keine Anstalten, ihm ein Glas Punsch zu geben, sondern starrte ihn nur an. „Meinst du, wir können einfach nochmal von vorn anfangen?"

Er lächelte und das Leuchten kehrte in seine Augen zurück. „Das würde mir sehr gefallen. Vielleicht kann ich dir dann beweisen, dass ich weder ein Idiot noch ein überhebliches, verbohrtes Landei bin."

Sie lachte, und es fühlte sich gut an. „Das wäre

definitiv ein Plus."

Seine Augen tanzten, dann sah er sie ernst an. „Ich meine es aber ernst."

„Ich weiß." Und sie wusste, dass es die Wahrheit war. Vorhin hatte sie ihn ganz und gar nicht gemocht, doch jeder machte Fehler oder sagte etwas, das wenig schmeichelhaft war. Auch wenn sie es nur ungern zugab, ging es ihr da nicht anders. Darum musste sie ihm verzeihen, jetzt, wo er sich aufrichtig bei ihr entschuldigt und sie um Vergebung gebeten hatte.

Er setzte seinen Hut wieder auf und sah sie eindringlich an. Ihr Mund wurde trocken, etwas, das oft zu passieren schien, wenn er in der Nähe war.

„Würdest du mit mir tanzen?", fragte er mit einem leisen Grollen in der Stimme, das ihr eine Gänsehaut die Arme hinauf jagte.

„Ja", sagte sie atemlos und ergriff die Hand, die er ihr anbot. Sie war schwielig von der harten Arbeit auf der Ranch, als er sie besitzergreifend um ihre kleinere Hand schloss. Als er seinen Arm um ihre Taille legte und sie näher zog, bis ihre Körper einander so nahe waren, wie es, ohne einander zu berühren, möglich war, spürte sie ein überwältigendes Gefühl, sich an ihn zu schmiegen und diese wunderbaren Arme um sich zu spüren. Sie blickte zu ihm auf und betrachtete seine kantigen Züge und seine so verführerischen Lippen. Sein Duft hüllte sie ein wie vorhin seine Jacke. Die Anziehung nahm ihr beinahe den Atem, und als er sie anlächelte, wurden ihre Knie weich.

„Weißt du, dass du die schönste Frau bist, die ich je gesehen habe?"

Sie wusste, dass sie hübsch war, und hatte gelernt, mit dem zu arbeiten, was Gott ihr gegeben hatte, um ihre Vorzüge zur Geltung zu bringen, doch sie wusste auch, dass sie ganz sicher nicht zu den schönsten Frauen des Landes zählte. Dennoch freute sie sich über seine Bemerkung. Sie empfand dasselbe, was ihn anging. Er war nicht der attraktivste Mann der Welt, doch sie hatte nie einen Mann anziehender gefunden. Kein Mann hatte es je geschafft, ihre Knie weich werden zu lassen, oder ihre Blicke angezogen wie er. Es war, als könnte sie sich nicht an ihm sattsehen. Niemals. Das hatte sie nie für Mason empfunden. In diesem Moment wurde ihr bewusst, dass es Mason vielleicht genauso ergangen war. Dass ihm vielleicht bewusst geworden war, dass es an der Leidenschaft und an der Anziehung fehlte, die man für seine Ehefrau empfinden sollte. Was auch immer sein Motiv gewesen war, sie war plötzlich überaus dankbar, dass er ihre Verlobung gelöst hatte.

„Schön, dass du das denkst", sagte sie ein wenig krächzend, da ihr Mund staubtrocken war. Er erwiderte nichts darauf, sondern führte sie auf die Tanzfläche und begann, mit ihr zu tanzen.

Er war ein guter Tänzer und führte sie kaum merklich zwischen den anderen Paaren, nicht, dass sie sich der anderen um sie herum bewusst gewesen wäre.

Als der Tanz endete, überraschte er sie mit einem zärtlichen Kuss auf die Schläfe. Das Feuer, das von dort aus durch sie hindurch rauschte, weckte nur den Wunsch nach mehr. Auf zittrigen Beinen ließ sie sich von ihm von der Tanzfläche führen.

Der Abend war eine Achterbahn der Gefühle gewesen, und sie fühlte sich ein bisschen überwältigt, als sie das Lächeln auf den Gesichtern von Sally Ann und Trudy sah.

„Du weißt, dass die beiden uns nicht aus den Augen lassen", flüsterte er, bevor sie in Hörweite der zwei strahlenden älteren Damen kamen.

„Ich weiß, und ich habe Tante Sally Ann schon gesagt, dass sie sich keine Hoffnungen machen soll, weil ich nicht in Ransom Creek bleiben werde. Sie weiß das."

„Verstehe", sagte er ein wenig steif. Sie spannte sich an, doch dann drückte er sanft ihre Hand. „Dann ist sie ja vorgewarnt."

Seine letzten Worte klangen wieder sanfter, und er entspannte sich, doch dann meldete sich ihre innere Stimme ungefragt zu Wort. *Du könntest bleiben.*

Sie ignorierte sie. Sie wusste, dass sie bleiben konnte, doch das wollte sie nicht. Kleinstadtleben passte nicht zu ihr oder dem Leben, das sie sich immer gewünscht hatte. Und nur, weil sie plötzlich für diesen gutaussehenden Cowboy schwärmte, würde sie es nicht auf den Kopf stellen und den Kurs ändern.

Doch trotz der widersprüchlichen Emotionen, die in ihr um die Oberhand rangen, wollte sie, dass dieser Cowboy sie küsste ... vielleicht mehr, als alles andere seit Langem.

Oder überhaupt.

Shane riss sich auf der Tanzfläche gerade noch zusammen, als er den Kopf senkte, um sie zu küssen. Zum Glück war er zu Sinnen gekommen und hatte nur ihre Schläfe gestreift, anstatt sich vollkommen zum Affen zu machen und sie vor dem ganzen Ort zu küssen.

Sie war bereit gewesen, mit ihm zu tanzen, doch er hatte ihr vorhin mit seinen Annahmen so wenig Respekt entgegen gebracht, dass er es nicht riskieren wollte, sie noch einmal zu verärgern. Sie hätte es ihm vielleicht übel genommen, wenn er sie in aller Öffentlichkeit geküsst hätte – besonders vor ihren Tanten.

Und gerade hatte sie erneut betont, dass sie nicht in Ransom Creek bleiben würde. Das Beste, das er tun konnte, war, ihr nicht näher zu kommen. Sich zurückzunehmen und ihre Beziehung auf einem neutral-freundschaftlichen Niveau zu belassen, ohne zu intim zu werden.

Genau das würde er tun.

„Ihr beiden habt gut ausgesehen da draußen auf der Tanzfläche." Sally Ann reichte beiden ein Glas Punsch.

„Ich fand es romantisch", fügte Tante Trudy hinzu und drückte ihm einen Keks in die Hand, ob er ihn nun wollte oder nicht. „Sally Ann hat mir gesagt, dass ihr einen kleinen Liebesstreit hattet. Sich wieder zu vertragen ist sowas Schönes, und der Tanz war perfekt dafür."

Jenna neben ihm hatte gerade einen Schluck Punsch getrunken und begann bei ihrer Bemerkung zu husten. „Bist du okay?" Er wollte ihr auf den Rücken klopfen, doch er wusste genau, warum sie sich verschluckt hatte.

„Alles okay", keuchte sie und holte tief Luft.

Beide Tanten sahen sie besorgt an, scheinbar vollkommen ahnungslos, dass sie dafür verantwortlich waren, dass sie sich verschluckt hatte.

„Ich habe dir ja gesagt, dass der Punsch zu sauer ist", sagte Sally Ann zu Trudy. „Ist ein Wunder, dass sich nicht schon mehr Leute daran verschluckt haben."

„Hast ja Recht", sagte Trudy. „Lass mich eine Flasche süße Limonade reingießen. Komm, gib mir dein Glas, Jenna. Ich bring dir ein frisches, wenn ich die Limonade reingemischt habe."

Jenna sah ihn kurz an und wandte schnell den Blick ab, als sie Trudy das Glas gab. „Ich glaube, ich fahre dann nach Hause."

„Unsinn", protestierte Trudy. „Der Abend hat doch gerade angefangen. Und davon abgesehen ist es eine gute Gelegenheit, Leute kennenzulernen. Shane, du solltest sie rumführen und sie vorstellen. Hast du Beth schon kennengelernt? Sie hat vor Kurzem Cooper geheiratet, und die zwei kommen gerade von der Tanzfläche. Und Carson und Bella auch. Und du solltest Trip und Lori finden, um sie ihr vorzustellen. Ihr seid alle in etwa im selben Alter, ich kann mir vorstellen, dass es Jenna gefallen würde, sich mit ihnen zu unterhalten."

„Eine perfekte Idee", fügte Sally Ann hinzu.

„Sie würden sich freuen, dich kennenzulernen", sagte er und nickte in ihre Richtung, als er bemerkte, dass sie auf sie zu kamen. Er legte seine Hand an ihren unteren Rücken und schob sie sanft mit sich, wenn auch nur, um vor den Tanten zu fliehen.

Gertie trat zu den Tanten und strahlte. „Ihr zwei seht gut aus zusammen."

Als ob das gereicht hätte, sie ebenfalls in die Flucht zu schlagen, lächelte Jenna Gertie an, dann wandte sie sich ihm zu. „Ich würde sie gerne kennenlernen gehen", und ging in Richtung der anderen. Er behielt seine Hand an ihrem Rücken und folgte ihr.

Er schmunzelte. „Das war der perfekte Moment zur Flucht."

„Danke. Ich weiß, sie meinen es gut, doch ich muss alle Geduld zusammenkratzen, um niemandem auf den Schlips zu treten. Ich bin nur froh, dass du es verstehst."

„Das tue ich." Das tat er auch, doch das bedeutete nicht, dass es ihm gefiel. Je mehr Zeit er mit ihr verbrachte, desto mehr wollte er sie kennenlernen.

„Ist das nicht eine wunderbare Party?" Bella warf ihre langen dunklen Haare über ihre Schultern und strckte ihr die Hand entgegen. „Ich bin Bella Andrews, und das ist Carson, mein Mann. Er ist Shanes Cousin. Freut mich, dich kennenzulernen. Ich liebe deine Tante Sally Ann. Ihr Laden ist einer meiner Lieblingsorte, um Designelemente für meine Kunden zu finden."

„Freut mich auch, euch kennenzulernen." Jenna schüttelte nacheinander Bellas und Carsons Hände.

„Und ich bin Cooper, und das ist meine Frau Beth."

Beth lächelte und reichte Jenna die Hand. „Wir freuen uns so, dass du hier bist. Ransom Creek ist ein wunderbarer Ort. Ich bin gerade von Houston hierher gezogen und liebe es."

„Mir geht's genauso", fügte Bella hinzu. „Ich bin aus Fort Worth hierhergezogen, und es gefällt mir wirklich gut hier. Ich habe immer noch Kunden in Fort Worth und fahre ein paarmal pro Woche in die Stadt, doch ich liebe diesen kleinen Ort."

Shane hatte ganz vergessen, dass Bella und Beth aus der Stadt waren. Sie taten ihrer Begeisterung über Ransom Creek kund, ohne dass er sie darum bitten musste. Beide schienen auf dem Land glücklich zu sein.

„Freut mich so, euch alle kennenzulernen", sagte Jenna. „Was machst du beruflich, Beth?"

Alle schmunzelten, und Beth kicherte. „Ich habe eine kleine Biofarm, auf der ich Erdbeeren, Himbeeren und Brombeeren und jede Menge Gemüse züchte, doch mein Hauptgeschäft sind Kalender. Ich mache Kalender mit Babyziegen, und Themenkalender mache ich auch."

Jenna strahlte. „Die habe ich gesehen! Meine ehemalige Assistentin hatte so einen. Der war total süß."

Beth lächelte. „Es macht wahnsinnig Spaß. Du solltest mal rauskommen und sie dir ansehen."

„Das würde ich gerne."

„Schön, wie wäre es mit morgen?"

Shane war dankbar, dass Beth nicht locker ließ. Er hatte das Gefühl, Jenna brauchte eine Frau in ihrem Alter hier. Es konnte nicht schaden, wenn sie Zeit mit einem Mädchen aus der Stadt, das aufs Land gezogen war, verbrachte. Besonders, da Beth sich kopfüber ins

Landleben gestürzt hatte.

„Oh gerne. Das wäre schön."

„Wann passt es dir am besten? Ich bin den ganzen Tag da. Zu dieser Jahreszeit kann ich nicht viel draußen machen. Und die Ziegen sind nicht so aktiv wie im Sommer, aber ihr Stall ist geheizt, und du musst dir nichts abfrieren, um sie zu beobachten. Davon abgesehen soll es auch wieder wärmer werden."

„Das habe ich auch gehört", bemerkte Shane.

„Das wäre gut", mischte sich Cooper ein. „Bei der Kälte kommen die Kälbchen schneller zur Welt, als wir mithalten können. Du solltest dich von Shane mal zur Ranch bringen lassen, damit du uns beim Füttern mit der Flasche helfen kannst. Wenn du das noch nie gemacht hast, hast du wirklich was verpasst."

Shane hätte fast losgeprustet. Er war sich nicht sicher, ob es Jenna gefallen würde, sabbernden, gierigen Kälbchen die Flasche zu geben. „Manchmal ist es eine ordentliche Sauerei. Die Kälbchen sind gierig."

Sie lächelte ihn entspannt an. „Klingt interessant. Ich glaube, ich würde das auch gerne mal versuchen."

„Das lässt sich arrangieren. Vielleicht am Tag nach den Zicklein? Oder du könntest nach deinem Besuch bei Beth vorbeikommen. Du weißt ja, wo die Ranch ist. Ich sorge dafür, dass ich da bin, wann immer es dir passt." Er würde alles stehen und liegen lassen, um es ihr recht zu machen.

„Das würde klappen. Morgens kann ich an der Werbeaktion arbeiten, dann komme ich zu dir raus, Beth, und danach schaue ich auf der Ranch vorbei, um mir die Kälbchen anzusehen. Klingt nach Spaß."

„Und ich komme am Donnerstag in den Laden", sagte Bella. „Vielleicht können wir Mädels alle zusammen bei Gertie zu Mittag essen? Du machst Marketing, oder?"

„Ja. Im Moment bin ich zwischen Jobs, aber die Branche stimmt."

„Wenn es dir recht ist, würde ich gerne ein paar Gedanken wegen meines Innenarchitekturbüros mit dir besprechen. Wenn das nicht zu viel verlangt ist. Ich denke, es ist Zeit, dass ich jemanden damit beauftrage, mir zu helfen, mein Geschäft besser zu vermarkten. Natürlich nur, wenn du Zeit hast?"

„Sicher, gerne."

Shane stand staunend dabei und sah zu, wie Jenna sich mit den Frauen seines Bruders und seines Cousins anfreundete. Der Abend hatte als kolossaler Fehlschlag angefangen, doch jetzt entwickelte sich alles ganz fantastisch.

Er bemühte sich nicht, wie ein Depp zu grinsen, doch zu wissen, dass er morgen Nachmittag Zeit mit Jenna verbringen würde, machte es ihm schwer.

Und ein Blick auf Carson und Cooper, und er wusste, dass sie ihn durchschaut hatten.

Er ging davon aus, dass sie verstanden, was er gerade erlebte, nachdem beide relativ frisch verheiratet waren. Er verdrängte die Gedanken an Ehe und alles Langfristige und konzentrierte sich auf das Jetzt. Er genoss Jennas Gesellschaft, und für den Moment war das alles, woran er denken wollte.

KAPITEL ACHT

„Die sind ja sowas von süß!", entfuhr es Jenna am nächsten Nachmittag, als sie ein Zicklein Namens Rocky im Arm kuschelte. „Ich könnte den kleinen Kerl stundenlang kuscheln, aber dann würde ich ihn nicht mit den anderen rumspringen sehen."

Beth kniete im Heu in einer großen Box, in der mehrere Zicklein herumtollten. Jenna stand neben ihr mit Rocky auf dem Arm. Beth hatte ein paar der Zicklein bunte Winterpullover und Mützen angezogen.

„Weißt du, du bist brillant. Ich meine, du hast eine wunderbare Idee, und die Leute lieben sie. In unserem Büro haben die Kolleginnen Lila ihren

Zickleinkalender immer von der Wand genommen, um sie sich anzusehen."

Beth sah zufrieden aus. „Schön, das zu hören. Es war ein schräges Hobby, und als ich die ersten Fotos auf Social Media gepostet habe, sind meine Freunde ausgeflippt. Darum bin ich jetzt hier und lebe meinen Traum hier auf dem Land mit meinem Cowboy. Manchmal muss ich mich zwicken, um mich zu versichern, dass ich nicht träume."

„Vermisst du die Stadt nicht?"

„Nein, die habe ich nie vermisst. Ich meine, ich kann ja schnell nach Fort Worth fahren, wenn ich irgendwas brauche. Oder nach Dallas oder Austin. Houston ist ein bisschen weiter weg, aber auch noch im Bereich des Machbaren. Wir liegen ziemlich zentral hier."

Jenna hatte darüber nachgedacht, dass Beth und Bella Stadtmenschen waren, die aufs Land gezogen waren – und sie liebten es. Das war ihnen anzusehen. Besonders, wenn sie sich an ihre Cowboys schmiegten. Sofort musste sie an Shanes Arme denken.

„Ich schätze mal du liebst die Stadt?", fragte Beth.

Jenna setzte Rocky ab. Er war unruhig geworden und wollte spielen. Sofort hüpfte er los und rammte eine größere Ziege Namens Tilly, die sofort begann, ihn zu jagen. „Ja. Ich liebe Seattle, aber ich denke auch darüber nach, ein bisschen näher zu ziehen. Wegen Tante Sally Ann. Ich meine, sie ist ja nur einen Flug weit entfernt, aber ich glaube, es wäre besser, wenn ich näher bei ihr wäre."

„Das würde sie freuen. Hast du an eine der Städte um uns herum gedacht?"

Nicht bis gestern Nacht. Doch je mehr sie darüber nachdachte, desto besser gefiel ihr der Gedanke. Sie liebte ihre Tante, und die Tatsache, dass sie keine eigenen Kinder hatte, gab Jenna das Gefühl, dass sie sie brauchte. Ihre Eltern hatten ihren Bruder, der im selben Ort wohnte, darum waren sie im Notfall versorgt. Und sie und ihre Tante hatten schon immer eine besondere Beziehung gehabt. „Vielleicht sehe ich mich mal ein bisschen in der Nähe um und schicke meinen Lebenslauf an ein paar Agenturen."

Beth stand auf und strahlte. „Ich will mich ja nicht einmischen, aber ich glaube, dass Shane das gefallen würde. Er scheint wirklich an dir interessiert zu sein. Ich kenne ihn jetzt schon eine Weile, und er hat nie an irgendjemandem Interesse gezeigt. Aber von dir kann er den Blick nicht abwenden."

Jenna biss sich auf die Lippe. „Wir sind nur Freunde. Wir haben andere Ziele im Leben, darum mache ich mir wirklich Gedanken, dass die Leute einen falschen Eindruck gewinnen könnten. Meine Tante und seine Tante zumindest."

„Ich verstehe. Sie sind tatsächlich aufgeregt. Wie ist Sally Ann eigentlich darauf gekommen, dich mit einem der Presleys verkuppeln zu wollen? Ich meine, ich bin verrückt nach meinem, und es sind wirklich nette Typen. Ich schätze mal, dass das der Grund ist."

Jenna dachte darüber nach. „Denke ich auch. Sie hält große Stücke auf sie. Da sie ihrer Tante so nah steht und den Tod der Mutter der Jungs miterlebt hat, hat sie wohl einen ganz besonderen Platz in ihrem Herzen für sie reserviert. Und sie möchte mich hier haben. Sie denkt wahrscheinlich, dass das Problem gelöst wäre, wenn ich einen Mann heirate, der nicht vorhat, hier wegzugehen."

„Das macht Sinn. Nicht, dass ich dich bedrängen will, aber ich mag dich wirklich. Dich als Schwägerin zu haben wäre schön. Nein, schau mich jetzt nicht so an – ich weiß, dass du nicht bleiben willst. Ich meine ja nur." Sie lachte. „Wie wäre es mit einer heißen Schokolade? Oder lieber Kaffee? Tee habe ich auch."

„Heiße Schokolade klingt perfekt. Hilft vielleicht, den Stress zu lindern, dem du mich gerade ausgesetzt hast", lachte Jenna. Wenn sie auf der Suche nach einer Schwägerin gewesen wäre, wäre Beth perfekt. Und Bella mochte sie auch. *Zu dumm nur, dass sie nicht auf der Suche war.*

Rocky senkte den Kopf, rannte gegen ihr Bein und prallte laut meckernd davon ab. Sie erschrak, dann lachte sie, als er sich aufrappelte und es erneut versuchte, bevor er sich an ihre Beine kuschelte.

„Du meine Güte, er liebt dich!", sagte Beth. Er will dich nicht gehen lassen."

Gerührt von dem kleinen Bock mit der leuchtendgrünen Mütze und dem gelben Pullover bückte sie sich und umarmte ihn. „Du bist ja sowas von süß."

„Mähhhh", meckerte er und rieb sein Köpfchen an ihrem Kinn.

„Ich könnte ihn glatt mit nach Hause nehmen."

Beth lachte. „Vorsicht. Genau so hat es bei mir auch angefangen."

„Dann setze ich dich mal lieber wieder ab." Sie setzte ihn ins Heu und ging zur Tür der Box, die Beth für sie öffnete und hinter sich wieder schloss.

Sie gingen über den Hof zum Haus und betraten es durch die Küche. Sie war niedlich dekoriert in leuchtenden Farben, die zu Beths sonniger Persönlichkeit passte.

„Setz dich doch. Ich mache die heiße Schokolade. Häng deine Jacke einfach über den freien Stuhl da."

Jenna zog die Jacke aus und hängte sie über die Stuhllehne, bevor sie sich setzte. Sie fühlte sich wohl und mochte Beth sehr. „Wie hast du eigentlich Cooper kennengelernt? Bist du hier aufgewachsen?"

„Nein, aber ich habe meinen Onkel ein paarmal hier besucht. Ich bin hergekommen, als ich eine Zuflucht brauchte, nachdem mich mein Nachbar gestalkt hat. Mein Onkel war gerade in die Nähe seiner

Kinder gezogen und wollte nicht wieder hierher zurück. Und dadurch habe ich Cooper kennengelernt – der Arme hat schon etliche Abenteuer mit mir und meinen Ziegen durch. Aber Spaß beiseite, herzukommen war das Beste, das mir je passiert ist."

„Du strahlst, wenn du von ihm redest."

„Ich liebe ihn über alles. Unter uns gesagt: wir wollen eine Familie gründen, und ich hoffe, dass es bald klappt."

„Seid ihr nicht gerade mal drei Monate verheiratet?"

„Ja, aber wir sind beide bereit. Ich kann mir nichts Aufregenderes und Lebensveränderndes vorstellen, als ein Kind zur Welt zu bringen und unsere gemeinsamen Kinder großzuziehen. Ich liebe mein Leben und bin bereit, es mit meiner eigenen kleinen Presley-Familie zu teilen", kicherte sie. „Ja, ich bin wirklich bis über beide Ohren verliebt."

„Ich freue mich so für dich. Ich nehme mal an, dass du wirklich aufs Land ziehen wolltest."

Beth brachte zwei Tassen heiße Schokolade zum Tisch und stellte eine vor Jenna ab, bevor sie sich ihr gegenübersetzte.

„Weißt du, ich wollte Farmer werden, das stimmt. Aber als ich herkam, konnte ich nicht einmal reiten. Cooper hat es mir beigebracht. Jetzt reite ich, wann immer ich kann, meistens ein paarmal die Woche. Cooper… er hat mich beim ersten Hallo direkt umgehauen. Darf ich dich was zu deiner Trennung fragen? War es schwer für dich? Ich dachte nur, dass, wenn etwas passiert wäre, und Cooper und ich unsere Verlobung gelöst hätten – ich hätte nicht gewusst, was ich dann hätte tun sollen." Sie sah sie besorgt an.

Jenna nippte an ihrer Schokolade und überlegte, was sie darauf antworten sollte. Beths Liebesgeschichte mit Cooper war so ganz anders gewesen als das, was sie mit Mason gehabt hatte. Auch wenn sie bereits geahnt hatte, dass sie für den Mann, mit dem sie beinahe den Bund fürs Leben geschlossen hätte, nicht einmal annähernd das empfunden hatte, was sie hätte empfinden sollen. Jetzt war sie sich dessen sicher. Sie wollte das, was Beth und Cooper hatten. Diese allumfassende, tiefempfundene Liebe, die aus allem strahlte, womit sie sich umgab.

„Zuerst dachte ich das. Aber kurz, nachdem ich hier angekommen bin, ist mir bewusst geworden, dass etwas gefehlt hat. Er hat die Sache abgeblasen und zwischenzeitlich glaube ich, dass er zu demselben Schluss gekommen ist und sich nicht mit halben Sachen zufriedengeben wollte.”

„Ich bin um deinetwillen froh, dass er es bemerkt hat und du es jetzt auch verstehst.”

„Ich auch. Aber ich bin so richtig glücklich für dich. Die Farm passt zu dir.”

Beth seufzte in ihre Tasse. „Ich wünsche mir dieses Gefühl für alle.” Sie kicherte leise. „Ich versuche, die Jungs dazu zu überreden, mit meinen Ziegen zu posieren. So könnten wir die Presleys mit dem Rest des Landes teilen.”

Die Bemerkung brachte Jenna zum Lachen. „Ich kann mir gut vorstellen, wie Shane auf deinen Vorschlag reagiert hat.”

„Oh, keiner von ihnen will mitspielen. Ich habe ein tolles Foto von Cooper mit meinen Ziegen Tilly und Milly. Er hat es gemacht, weil er mich liebt, aber solange ich die anderen nicht überreden kann, kann ich das mit dem Kalender vergessen. Zwischenzeitlich ziehe ich sie nur noch damit auf. Aber ich weiß, dass diese Kalender weggehen würden wie warme Semmeln."

„Ich würde einen kaufen." Sie lachte, doch es war die Wahrheit.

Shane wartete bereits, als Jenna die Auffahrt hinaufgefahren kam. Er war den ganzen Morgen nervös gewesen – ein ungewohntes Gefühl für ihn. Er war immer ein selbstbewusster Mann gewesen, doch Jenna stellte alles auf den Kopf. Er reagierte auf sie auf eine Weise, die er nicht verstand. Und gestern Abend hätte er beinahe jede Chance mit ihr versaut. Er hatte nicht vor, das noch einmal zu tun. Er wusste, dass er Gefühle für diese schöne Frau entwickeln konnte.

Er wusste auch, dass das ein Risiko war, doch er konnte nichts daran ändern. Er war noch nie vor einer Herausforderung zurückgeschreckt und hatte nicht viel darüber nachdenken müssen … Jenna zog ihn magisch an. Sie faszinierte ihn, und er wollte sie besser kennenlernen. Er wollte dieser Verbindung, die er spürte, eine Chance geben und sehen, was daraus wurde.

Ihm stockte der Atem, als sie aus dem Wagen stieg. Er kam aus dem Stall auf sie zu. Er musste gegen den Drang ankämpfen, sie in die Arme zu ziehen und zu küssen oder zumindest den Kopf an ihren Hals zu schmiegen und ihren Duft zu inhalieren. Sie machte ihn verrückt mit diesem permanenten Wunsch, sie zu berühren. Er konnte sich nicht vorstellen, dass dieses Gefühl jemals verschwinden würde, so überwältigend war es.

„Schön, dass du da bist. Und dein Timing ist auch perfekt – es ist Fütterungszeit." Er stemmte seine Hände in die Hüften, um sich davon abzuhalten, sie zu berühren. Ihre Haare glänzten im blassen Licht der Sonne. Wenn die Wolken sich nur ein kleines bisschen mehr verzogen hätten, wäre der Schnee schon geschmolzen. Er musste daran denken, wie er den Schneemann mit ihr gebaut hatte. Es war lustig gewesen, trotz der Spannungen, die den Nachmittag geprägt hatten. Heute würde es keine Spannungen gaben – abgesehen von der unleugbaren Anziehung, die zwischen beiden funkte, sobald sich ihre Blicke begegneten.

„Ich auch. Wer würde die Chance ausschlagen, einen Haufen ungestümer Kälber mit der Flasche zu füttern? Du hast gesagt, sie sind ungestüm.”

„Nicht wirklich, wie ich sie beschrieben habe, aber genau genommen trifft es das ganz gut. Er lächelte. „Es ist ein bisschen laut in der Scheune. Sie haben einen kleinen Freilauf, um herumzulaufen, der mit der Fütterungsbox verbunden ist, aber wenn sie hungrig sind oder die Fütterungszeit naht, machen sie sich bemerkbar.” Er führte sie zu einer Scheune ein wenig abseits der Ställe, wo Kälbchen in allen Tonlagen muhten. Etliche feuchte Nasen pressten sich gegen die Latten der Boxen.

Sie lachte. „Was wollen die denn?”

Er grinste. „Die Kirschen in Nachbars Garten schmecken immer süßer. Schon mal gehört?”

„Ja.”

„Kühe glauben fest daran. Selbst im Stall. Die beiden hier versuchen, ihre Köpfe durch die Spalten in den Latten zu quetschen – was ihnen natürlich nicht gelingen wird. Die Latten sind hier so dicht, dass es natürlich nicht funktioniert, aber sie versuchen es trotzdem. Die beiden hier haben noch nicht begriffen, dass es nichts bringt, aber sie sind unsere neusten Zugänge und unglaublich neugierig. Und verfressen."

Sie strahlte, als sie über die Umrandung der Box blickte. Sie war überschulterhoch, darum musste sie auf die erste Strebe steigen, um darüber hinweg blicken zu können. Als sie sich streckte, bewunderte er ihre Kurven, bevor er neben sie trat.

„Die sind so süß. Ich weiß nicht, was süßer ist, Beths Ziegen oder diese Schnuckel hier. Der mit dem flauschigen schwarz-weißen Gesicht gefällt mir ganz besonders gut.

„Er ist erst vor zwei Tagen reingekommen. Die Mutter hat ihn abgelehnt direkt, nachdem sie ihn in einer Eispfütze zur Welt gebracht hat."

„Du meine Güte, warum hat sie den armen kleinen Kerl denn abgelehnt? War es bei den anderen hier etwa auch so?"

„Warum kann man nicht immer sagen. Manche

Kühe sind einfach keine guten Mütter. Manchmal dauert es ein bisschen, bis sie sich für das Kälbchen erwärmen, aber wenn ein Muttertier es mehr als zweimal tut, dann verkaufen wir sie. Wir haben keine Zeit, Unmengen von Kälbchen mit der Flasche großzuziehen. Bei den zwölfen, die wir jetzt hier haben, braucht das Füttern eine Weile. Selbst, wenn wir den Fütterungsstand benutzen."

Er nickte zu einem Gestell, in das man Flaschen einhängen und so gleichzeitig mehrere Kälbchen füttern konnte.

„Du und deine Familie, ihr habt eine wirklich schöne Ranch. Ihr scheint die Arbeit zu lieben."

„Das tun wir. Es ist ein bisschen ungewöhnlich, dass alle fünf auf der Ranch bleiben, aber wir alle lieben die Arbeit hier. Jeder von uns kümmert sich um einen anderen Bereich, um die Ranch zu einem Erfolg zu machen. Dazu kommt, dass wir mit ein paar Ölquellen gesegnet sind, die helfen, uns über Wasser zu halten."

Sie schmunzelte. „Die helfen sicher ein bisschen."

„Manchmal ist es nur ein bisschen, doch im

Moment läuft es ganz gut." Er war dankbar für das Einkommen, das die Ölquellen generierten. Es gab ihnen ein Polster, das andere Ranches nicht hatten – nicht, dass sie es unbedingt brauchten, denn Drake leistete fantastische Arbeit beim Vermarkten ihres Viehs, und sie hatten einen erstklassigen Ruf.

„Dann arbeitet ihr alle auf der Ranch?"

„Ja, aber jeder hat seine Spezialität. Drake managt und vermarktet. Brice kümmert sich um das In-Vitro-Programm. Cooper und ich betreuen die Freilandhaltung. Vance wird sich mehr an der Arbeit auf der Ranch beteiligen, wenn er genug vom Rodeozirkus hat, doch im Moment ist das seine Berufung. Er ist einer der besten und schafft es jedes Jahr ins Finale, was unserer Marke natürlich auch hilft. Wir alle haben einen Job."

„Dann ist die Ranch groß?"

„Über viertausend Hektar. Meine Großeltern haben sich vor über hundert Jahren hier niedergelassen, und wir wollen noch ein paar weitere Jahrhunderte bleiben." Er lächelte. „Ich habe auch noch eine Schwester, sie ist auch an der Ranch beteiligt, doch sie ist mit Cam Sinclair verheiratet. Sie haben eine Ranch zwei Stunden von hier."

„Ich finde es schön, wenn man eine so reiche Geschichte und Wurzeln hat. Einen Familienbetrieb zu haben, in dem ihr alle zusammenarbeiten könnt, ist toll. Und ihr scheint euch auch gut zu vertragen."

Er lachte und verlor sich beinahe in ihren Augen. „Wir haben so unsere Momente. Brüder sind nun einmal Brüder. Wir haben unsere Differenzen, doch letzten Endes sind wir Presleys und wir halten zusammen. Die anderen sind alle gute Jungs."

„Glaub mir, ich habe jede Menge darüber gehört, wir großartig ihr alle seid."

„Die Tanten… Tut mir wirklich leid."

„Das muss es nicht. Sie sind harmlos."

„Na hoffentlich. Hast du Lust, eins zu füttern?"

„Oh, ich darf das?"

„Wer kein ärztliches Attest hat, entkommt der Arbeit auf der Ranch nicht."

Sie kicherte und sah begeistert aus. „Oh, ich bin dabei. Zeig mir einfach, was ich machen muss – aber vergiss nicht, ich habe sowas noch nie gemacht."

Er lächelte und fühlte sich unbeschwerter als damals, als er sich an seinem dreizehnten Geburtstag entschieden hatte, dass es an der Zeit war, erwachsen zu werden. „Wenigstens hast du an vernünftiges Schuhwerk gedacht", bemerkte er und Jenna lachte.

„Ich habe meine Lektion gelernt. Und ich war mir nicht sicher, wo ich womöglich reintreten könnte."

„Gute Entscheidung. Tretmienen gibt's hier jede Menge."

Er ging zur kleinen Küche in der Ecke, wo in einem Kühlschrank und ein paar Schränken alles stand, was sie brauchten. In einem Eimer rührte er mehrere Flaschen Milchersatz gleichzeitig an und sie beobachtete ihn dabei.

„Das sieht nicht sonderlich appetitlich aus", sagte sie.

„Oh, sie lieben es. Ich würde es allerdings auch nicht trinken. Bin eh kein Milchtrinker."

Ihr Blick blieb an seinem Bizeps hängen. „Aber Milch hilft beim Muskelaufbau und sorgt für starke Knochen." Ihre Augen tanzten amüsiert.

„Kühe rumwuchten, Rancharbeit, Zäune ziehen

und so weiter helfen da auch."

„Scheint so."

Er begegnete ihrem Blick, und sie wurde rot. Es gefiel ihm. Es gefiel ihm auch, dass ihr offensichtlich seine Muskeln aufgefallen waren. Ihm war durchaus bewusst, dass er welche hatte. Rancharbeit machte stark. Und er hoffte, dass sie zu dem Schluss kam, dass es sich gut anfühlte, seine Arme um sich zu spüren. Er mochte es, sich vorzustellen, dass es ihr gefallen hatte, in seinen Armen zu liegen, denn er hätte sie gerne wieder da gespürt.

Ihre Finger streiften seine, als sie eine Flasche nahm, und er genoss das warme Gefühl, das sie sofort ausbreitete. Sie begegnete seinem Blick, und ihre Nasenflügel blähten sich, als sie einatmete. *Gott, er steckte ganz tief drin.*

„Ich zeige dir, was du machen musst. Lass mich die hier nur in den Fütterungsstand laden, damit die größeren da trinken können. Wir füttern die zwei in der Box da drüben."

„Oh, die beiden, die sich durch die Latten quetschen wollen?" Sie kicherte und hielt die Flaschen, während er den Stand lud und in eine Box schob, in der schon mehrere Kälbchen warteten. Gierig stürmten sie auf den Stand zu und machten sich über die Flaschen her. Als er sich wieder umdrehte, sah er Jennas erstaunten Blick.

„Du meine Güte, die sind ja ganz schön wild."

„Ja, die können dich leicht umreißen. Aber bei den zwei Kleinen da drüben ist es nicht ganz so gefährlich."

„Danke."

Er lächelte, als er die Box verließ und die Tür zu der Box mit den zwei jüngeren Kälbchen öffnete. „Die zwei sind erst diese Woche reingekommen. Sie sind das Füttern mit der Flasche noch nicht ganz gewohnt und würden bei der Rasselbande da drüben untergehen, darum halten wir sie für den Moment in einer eigenen Box. Sie leisten einander Gesellschaft, was ganz gut für sie ist."

Als sie an ihm vorbei in die Box ging, kapitulierte er und gab dem Drang nach, sich vorzubeugen und an ihren Haaren zu schnuppern. Er erinnerte sich an den Duft, als er sie getragen oder mit ihr getanzt hatte. Er liebte ihn, doch ihm hätte wahrscheinlich jedes Parfum an ihr gefallen. Oder sie auch naturell, ohne Parfum. Sie drehte sich um und ertappte ihn dabei, wie er schnupperte.

„Du duftest gut", bemerkte er mit einem schiefen Lächeln.

„Danke. Das kann ich über dich auch sagen." Sie zwinkerte ihm zu und ging weiter.

Er blieb wie angewurzelt stehen. *Hatte sie etwa gerade mit ihm geflirtet?* Es musste so sein. Er lächelte immer noch, als die Kälbchen herbeigeeilt kamen und mit den Köpfen gegen ihre Beine rammten.

„Offensichtlich wissen sie, dass wir Flaschen haben." Sie lachte und streichelte vorsichtig einem der beiden die Nase.

„Oh ja, das wissen sie. Halt die Flasche mit beiden Händen fest, und dann halt sie langsam runter, damit der kleine Gierhals andocken kann. Wird schlabbrig werden, aber halt die Flasche einfach fest."

Er sah zu, wie das Kälbchen gierig an ihre Flasche andockte, und sie keuchte. „Du meine Güte, wann hast du dieses arme Baby das letzte Mal gefüttert?"

Er lachte. „Wir lassen sie nicht hungern, versprochen." Er hielt dem Kälbchen neben sich die Flasche hin. „Das machst du gut", sagte er, ohne den Blick von ihr abzuwenden.

„Danke, es überrascht mich nur, wie stark sie schon sind."

„Sie wachsen unglaublich schnell."

Als Jenna ihm gerade einen Blick zuwarf, drängte das Kälbchen sich härter gegen die Flasche. Überrascht stolperte Jenna zurück und stieß gegen das Kälbchen, das er fütterte. Er streckte die Hand nach ihr aus, verpasste sie jedoch, als sie herumwirbelte, um sein Kälbchen nicht zu treten, und sie landete am Boden.

Sofort schob er sich zwischen sie und das Kälbchen, um es daran zu hindern, sie zu treten, auch wenn es als Neugeborenes noch nicht groß genug war, um echten Schaden anzurichten. Sie blickte zu ihm auf, die Augen weit aufgerissen, und dann begann sie zu lachen.

„Das war meine Schuld", kicherte sie, während sie sich abwandte, um einer feuchten Kalbszunge zu entgehen.

„Weg mit dir." Er schob das Kälbchen beiseite und reichte ihr die Hand. „Tut mir leid. Bist du okay?"

„Ja, ja. Das Heu ist ein gutes Polster. Sie nahm seine Hand und er zog sie hoch. „Ich glaube, ich muss ein bisschen mehr Gewichte heben. Oder ein paar Tage lang Zäune bauen, bevor ich es noch einmal versuche."

Er mochte ihre Energie. „Das lässt sich einrichten, falls dir je wirklich danach sein sollte."

„Ich bin mir nicht sicher, ob das wirklich etwas ist, das ich ausprobieren will. Aber falls ich zu einem anderen Schluss kommen sollte, lasse ich es dich wissen." Sie hob die Flasche auf, die das Kälbchen in die Ecke geschoben hatte, als es versucht hatte, weiterzutrinken. Diesmal lehnte sie sich an die Wand der Box, bevor sie ihm die Flasche erneut anbot. „So ist's besser."

„Du passt dich schon an." Die Idee, dass sie sich vielleicht ans Landleben anpassen könnte, war ein schöner Gedanke, selbst wenn er sich sicher war, dass das nur in seinen Träumen passieren würde.

KAPITEL NEUN

Jenna konnte nicht fassen, wie viel Spaß sie beim Füttern des Kälbchens hatte. Natürlich musste sie zugeben, dass es zumindest zum Teil daran lag, dass sie es mit Shane tat. Sie hatte es sogar gewagt, ein paarmal mit ihm zu flirten, bevor ihr bewusst geworden war, was sie tat. Es war einfach passiert, wie Muskelgedächtnis. Das war die Wahrheit – Gott, sie liebte seine Muskeln. Das Gefühl seiner Arme um sie und die Berührung seiner Hände.

Schlag dir diese Gedanken aus dem Kopf. Sofort.

Sicher, es war leicht, sich dazu zu ermahnen, doch es in seiner Gegenwart zu tun war eine ganz andere

Sache. Als sie die leeren Flaschen in den Küchenbereich zurückbrachten, musste sie zugeben, dass sie den Tag wirklich genossen hatte. Es war definitiv anders als in Kostüm und High Heels zu Kundenterminen zu gehen oder im Büro zu arbeiten. Sie machte ihre Arbeit, doch manchmal hatte sie sich gewünscht, dass das Büro ein bisschen weniger formell gewesen wäre. Vielleicht würde sie bei der Wahl ihres nächsten Arbeitgebers darauf achten.

„Es ist schön, dich hier zu haben." Shane nahm ihr die Flaschen ab. „Wir grillen heute Abend Hamburger und Steaks, falls du Lust hast, zum Abendessen zu bleiben. Dads Freundin kommt auch. Sie würde sich sicher freuen, wenn sie nicht die einzige Frau wäre."

Sie war versucht, doch es war keine gute Idee. Sie blickte zu ihm auf und hatte fest vor, nein zu sagen, doch das tat sie nicht. „Wenn du meinst, sicher."

Ihr Magen flatterte, als er sie überrascht anlächelte.

Sie war jedoch nicht minder überrascht.

„Schön."

„Kommt Beth auch?"

„Vielleicht. Ich meine, das ist das erste Mal, dass Dad Karla hierher eingeladen hat. Wir haben sie letztes Jahr im Krankenhaus getroffen, als Dad seinen Herzanfall hatte. Wir hatten gewusst, dass er eine Freundin hatte. Sie scheint ihm gutzutun.”

„Ich kann nicht fassen, dass dein Dad einen Herzanfall hatte. Er sieht so fit aus.”

„Das war ein Schock für uns alle. Aber jetzt geht's ihm gut. Ist dir kalt?”

Sie bemerkte, dass sie sich die Arme rieb. „Nein, nicht wirklich, war nur ein bisschen zugig hier. Er freut sich sicher, dass ihr hinter seiner Entscheidung, wieder zu daten, steht.”

„Ja, aber es würde mich nicht allzu sehr überraschen, wenn er ihr einen Antrag machen würde. Aber ich weiß nicht, warum ich das sage. Er hat jahrelang allein gelebt.”

Sie bemerkte die Liebe zu seinem Dad in Shanes Stimme und hätte ihm den ganzen Tag lang zuhören können. Sie war tief, doch nicht zu tief. Rau doch nicht zu rau. Sie klang wie Goldlöckchen, wenn sie so darüber nachdachte.

Gemeinsam wuschen sie die Flaschen aus, dann ging er mit ihr zum Ausgang der Scheune.

„Hast du Lust, dir die Pferde anzusehen, die wir im Stall haben?"

„Sicher. Beth hat mir erzählt, dass sie nicht reiten konnte, als sie hergezogen ist, und dass Cooper es ihr beigebracht hat."

„Stimmt. Soll ich dir Reitstunden geben? Wir haben eine Reithalle, da müsstest du nicht draußen in der Kälte lernen. Natürlich ist es nicht so angenehm wie im Frühling oder im Herbst, aber wenn du erst einmal in Bewegung bist, ist es nicht so schlecht. Wir haben ein paar Gasheizgeräte in der Halle, damit es nicht ganz so kalt ist. Dieselben, die wir hier bei den Kälbchen oder bei den Pferden im Stall benutzen. So viel wie dieses Jahr haben wir noch nie geheizt."

„Ich glaube, Reiten ist nichts für mich, auch wenn ich die Pferde schön finde. Besonders diese Appaloosa-Stute. Ich könnte sie den ganzen Tag beobachten."

„Vance wird nach dem nächsten Rodeo anfangen, sie zu trainieren. Wenn sie zugeritten ist, könntest du vielleicht auf ihr reiten lernen."

Der Gedanke gefiel ihr. „Da bin ich wahrscheinlich schon nicht mehr hier."

„Ach ja, daran habe ich gar nicht gedacht."

Die Pferde waren still, als sie den Stall betraten. Am anderen Ende des Stalls waren ein paar Cowboys mit einem Pferd beschäftigt. Sie begrüßten sie.

„Und, wie sieht's aus?"

„Die Wunde heilt. Wir haben sie wieder gereinigt und den Verband erneuert. Dieser Hengst hat ordentlichen Schaden angerichtet."

„Ja, wir werden die beiden erst einmal getrennt halten. Danke", sagte Shane, als die anderen die Box schlossen und sich verabschiedeten.

„Was ist passiert?"

„Der Wallach hier und ein Hengst haben sich in die Haare gekriegt. Der Hengst hat ihm einen ordentlichen Brocken Fleisch aus der Hüfte gerissen. Hat ziemlich übel ausgesehen. Aber es wird wieder. Braucht nur eine Weile, bis es zuheilt."

„Wie? Ein Pferd hat das andere *gebissen*?" Sie hatte gerade den Wallach, dessen Kopf über die Box ragte, streicheln wollen, doch jetzt zog sie die Hand zurück.

„Schon okay. Er wird dich nicht beißen. Nur manchmal, wenn sie gereizt sind oder das Gefühl haben, ihr Revier verteidigen zu müssen, dann werden sie aggressiv. Beißen und Treten sind die einzigen Verteidigungsmechanismen, die ein Pferd hat – abgesehen vom Fluchtreflex natürlich."

„Hm, darüber habe ich noch nie nachgedacht. Aber ich wäre nie auf die Idee gekommen, dass sie einander beißen könnten."

Er griff in einen Eimer, holte eine Mohrrübe heraus und reichte sie ihr. „Nimm die, und ich zeige dir, wie man ein Pferd füttert. Wallache wie er hier beißen nicht. Hengste allerdings schon. Die sind sehr besitzergreifend, was Frauen angeht."

Jenna sah, wie Shanes Augen dunkler wurden, und ein kleiner Schauer rann ihr den Rücken hinunter. „Verstehe", sagte sie und nahm die Möhre.

Er lächelte. „Ich kann es ihnen nicht verdanken. Ich würde auch nicht wollen, dass meine Frau mit einem anderen Mann ausgeht."

„Nachvollziehbar." Sie würde auch nicht wollen, dass ihr Mann mit einer anderen Frau ausgeht. Seltsam, dieser Gedanke war ihr bei Mason nie gekommen. Jetzt konnte sie sich darüber allerdings kaum noch wundern.

„Stimmt was nicht?", fragte Shane.

„Sorry. Habe gerade nur an etwas denken müssen."

„Sah besorgniserregend aus."

„Nein, nur aufschlussreich. Mir ist gerade bewusst geworden, dass ich nie auf den Gedanken gekommen bin, dass Mason vielleicht fremdgegangen ist. Ich habe nie daran gedacht, dass er vielleicht eine Affäre gehabt haben könnte."

„Und was wäre, wenn? Würde dir das noch mehr wehtun, oder bist du dabei, über deine Gefühle für ihn hinwegzukommen?"

Sie spielte mit der Möhre. „Der Gedanke stört mich überhaupt nicht. Vielleicht würde die Gewissheit meinen Stolz ein bisschen verletzen, aber um ehrlich zu sein, trauere ich Mason nicht mehr nach, seit ich den Flieger hierher bestiegen habe."

„Das ist ja gut. Aber wenn du Gefühle für ihn hattest–"

„Das ist es ja eben. Ich glaube nicht, dass ich für ihn je das empfunden habe, was ich hätte empfinden sollen."

„Dann ist es ja gut, dass er es noch rechtzeitig beendet hat." Er nahm ihr Gesicht in seine Hände. „Du verdienst es, jemanden zu lieben, der ein Strahlen in deine schönen Augen und ein Feuerwerk in dein Herz zaubert."

Ja, das verdiente sie. Jemanden, der ihr Herz pochen, ihre Hände schwitzen und ihren Körper nach Erfüllung sehnen ließ. Sie blickte in seine Augen und sehnte sich danach, dass er seinen Kopf senkte und sie küsste, wie sie es sich fast pausenlos gewünscht hatte, seit er ihr in jener kalten Nacht am Straßenrand in die Augen geblickt hatte. Das war kaum eine Woche her, doch sie hatte das Gefühl, ihn schon so viel länger zu kennen.

Küss mich.

Sein Blick schien ihren zu analysieren, und er schien darauf zu warten, dass sie sich zurückzog. Als sie es nicht tat, trat er näher, sodass ihre Körper sich gerade so streiften, dann senkte er seine Lippen auf ihre.

Sein Duft hüllte sie ein, seine Lippen ergriffen von ihr Besitz, und ihre Knie waren plötzlich so wackelig wie die eines neugeborenen Kälbchens. Doch in seiner Gegenwart waren weiche Knie ein Dauerzustand. Sie legte die Arme um seine Taille sowohl, um nicht das Gleichgewicht zu verlieren, als auch um seine harten Muskeln zu spüren. Sie hätte die Arme um seinen Hals gelegt, wenn er nicht immer noch sanft ihr Gesicht in seinen Händen gehalten hätte, doch sie liebte es, wie sich seine rauen Hände auf ihrer zarten Haut anfühlten. Als er den Kopf neigte und sie inniger küsste, entfleuchte ihr ein leises Stöhnen. *War sie das gewesen?* Sie war überwältigt von den berauschenden Gefühlen, die in ihr aufstiegen.

Sie hätte ihn ewig so weiterküssen können.

Shane verlor sich in diesem Kuss, in Jennas Geschmack, dem Gefühl ihrer Haut. „Jenna", hauchte er gegen ihre Lippen, erschrocken über die Macht der Gefühle, die er noch nie so heftig empfunden hatte. Sie blickte zu ihm auf, benebelt, verwirrt und oh so zart und einladend. *Das war verrückt. Er musste aufhören. Sie loslassen.* Doch was sie anging, schien er so gut wie keine Selbstbeherrschung zu besitzen. Er küsste sie erneut, grub seine Hände in ihre dicken, blonden Haare und schob sie gegen die Wand der Box. Als er seinen Körper an ihrem spürte, explodierten Sterne in ihm. Er wollte sie. Er wollte sie mehr, als er je jemanden in seinem ganzen Leben gewollt hatte.

Die weiche Nase eines Pferdes, die gegen ihre Wangen stieß, brachte ihn zurück in die Realität, und beide mussten lachen.

„Nicht jetzt, Dancer", lachte er und schob die Nase des neugierigen Pferdes weg, ein wenig dankbar für die Störung, da sie ihm half, wieder zu Sinnen zu kommen. „Ranchleben – es ist überall. Ich kann ihm einfach nicht entkommen."

„Das sehe ich." Sie lächelte, immer noch benebelt und weich, und sein Herz pochte vor Verlangen, sie wieder in seine Arme zu ziehen.

„Ich wollte dich schon seit Tagen küssen." Das war ein Bekenntnis, das er besser für sich selbst hätte behalten sollen. Doch warum? Warum nicht offen über seine Gefühle reden? Sie hatte zwar vor, wieder zurück in die Stadt zu gehen, doch wenn er nicht versuchte, wozu sein Herz ihn drängte, wo würde er dann sein, wenn sie wieder weg war? Genau da, wo er war, bevor sie hergekommen war: einsam und allein.

Bis Jenna in sein Leben getreten war, war ihm nicht einmal bewusst gewesen, dass er einsam gewesen war. Er hatte mehr und mehr darüber nachgedacht, was Cooper und Beth oder seine Schwester Lana und Cam gefunden hatten, doch dass er einsam war, war ihm nicht bewusst gewesen. Sehnsucht nach dieser Zweisamkeit beschrieb es jetzt am besten.

„Ich dich auch. Aber vernünftig ist es nicht."

Er hatte erwartet, dass sie das sagen würde. „Im Moment ist mir nicht nach vernünftig zumute. Ich musste dich einfach küssen, und ich weiß jetzt schon, dass es mir schwerfallen wird, es nicht wieder tun zu wollen."

Ihre Augen flackerten, als er ihre Wange

streichelte. „Ich bleibe aber nicht hier."

„Ich weiß. Doch im Moment will ich nicht daran denken. Es war ein Kuss. Der beste Kuss meines Lebens, doch es war nur ein Kuss."

Ihre Brüste hoben sich, als sie tief einatmete, und die Hand auf ihrem Bauch wies darauf hin, dass sie versuchte, ihre Nerven zu beruhigen. Sie nickte. „Okay."

„Vielleicht sollten wir zurück zu den anderen gehen, damit ich nicht auf die Idee komme, dich gleich noch einmal zu küssen."

Sie lachte und die Anspannung verflog. „Ich glaube, das ist eine vernünftige Idee."

Für ihn war es eher eine Überlebenstaktik. Es würde ihm nicht leicht fallen, sie gehen zu lassen.

Wenn er ehrlich war, musste er sogar befürchten, dass es sein ganzes Leben auf den Kopf stellen würde.

KAPITEL ZEHN

Jenna war sowohl erleichtert als auch ein wenig verärgert, die Küche voller Menschen zu finden. Sie hatte noch ein bisschen länger in Shanes Armen bleiben wollen. Seinen Kuss noch ein bisschen länger spüren wollen. Sie hätte weiß Gott wie lange da draußen bleiben können. *Für immer*.

Zum Glück hatte Dancer sich eingemischt und gesagt „es reicht". Zumindest insoweit, wie die feuchte Nase eines Pferdes das ausdrücken konnte. Sie brauchte etwas, das sie wieder zur Vernunft brachte.

Denn ihr war bewusst geworden, dass sie keine Vernunft kannte, was Shane Presley anging.

Beth und Cooper waren bereits da und Brice und Drake auch. Vance war bei einem Rodeo, erklärten die anderen, als sie sie Karla vorstellten, und Marcus strahlte. *Er ist verliebt*, dachte sie, als sie ihn beobachtete und sah, dass seine Augen jedes Mal weich wurden, wenn er Karla ansah.

„Ich habe sie im Krankenhaus kennengelernt", erklärte Marcus. „Ich hatte einen Herzanfall, und da war diese kleine energische Krankenschwester, die mir jedes Mal den Tag erhellt hat, wenn sie in mein Zimmer gekommen ist. Und das tut sie immer noch jedes Mal, wenn sie lächelt."

Karla strahlte ihn an, dann wandte sie sich Jenna zu. „Du kannst dir sicher vorstellen, wie mein Herz jedes Mal gepocht hat, wenn ich diesen gutaussehenden Cowboy im Krankenhaus gesehen habe. Ich war nur geschockt, als ich gehört habe, dass er einen Herzanfall hatte. Nicht gerade eine angenehme Art, sich kennenzulernen, doch manchmal erweist sich selbst eine wenig angenehme Situation als Segen." Sie küsste ihn auf die Wange, und er legte einen Arm um ihre Taille und zog sie an seine Seite.

„Manchmal zieht Unangenehmes etwas Schönes nach sich. So war es für Karla und mich.”

„Das ist wunderbar. Ich freue mich wirklich für euch zwei”, sagte Jenna und meinte es auch so. Sie waren unglaublich liebe Menschen, und sie hätte nie für möglich gehalten, dass Marcus Presley einen Herzanfall gehabt hatte. Er sah so fit aus, wie ein Mann Ende fünfzig nur sein konnte.

Marcus' Worte gingen ihr durch den Kopf, als sie Shane ansah. Etwas Schönes, das etwas Unangenehmem folgte, unter diesem Stern schien der Besuch bei ihrer Tante nach ihrer Trennung von Mason zu stehen. Doch ihre Gefühle für Shane waren so unerwartet, dass sie sich fragte, ob etwas Lebensveränderndes daraus werde könnte, wenn sie sie zuließ.

Ihr Magen machte einen Sprung, und ihr Herz stolperte allein beim Gedanken daran. Ihr war bewusst geworden, dass Liebe etwas war, das sie nicht ganz verstanden hatte, als sie Masons Antrag angenommen hatte. Doch wenn sie Shane ansah, stand ihre Welt Kopf und sie konnte sich kaum gegen den Wunsch nach mehr wehren – mehr von ihm, mehr Zeit, mehr Raum mit ihm.

Sie schüttelte diese überwältigenden Gedanken ab. Sie würde wieder in die Stadt zurückkehren. Das hier war kein Ort, an dem sie für immer bleiben konnte. Sie wollte die energiegeladene Welt des Marketings, liebte alles, was damit zu tun hatte. Den kreativen Schub, mit dem die Lichter und der Lärm der Stadt sie erfüllten und ihre Arbeit inspirierten. Sie erinnerte sich daran, dass es das war, was sie wollte. Nicht dieses entspannte, viel langsamere Leben. Sicher, es war angenehm, sich hier zu erholen. Es war okay, um sich auszuruhen und um die Batterien aufzuladen. Doch sie war sich sicher, dass sie bald unruhig werden würde. Dann würde sie weg wollen, darum wäre es unfair Shane gegenüber, etwas mit ihm anzufangen. *Zieh dich zurück*, ermahnte sie sich.

Nimm dir, was du willst.

Er lächelte sie an und beugte sich zu ihr hinunter. „Hast du vielleicht Lust, am Freitagabend mit mir nach Waco zu fahren, um Vance beim Rodeo zu sehen?"

Sag nein, dachte sie. Es war die einzige Antwort,

die sie geben konnte, wenn sie verhindern wollte, dass mehr passierte. „Gerne. Das klingt nach Spaß. Ich bin schon ewig nicht mehr bei einem Rodeo gewesen."

Nicht gerade der beste Weg, um zu verhindern, diesem Cowboy näherzukommen. Ganz sicher nicht.

Und doch musste sie lächeln, als sie später an diesem Abend nach Hause fuhr, denn sie hatte die Zeit mit ihm und seiner Familie genossen. Es war schön gewesen, und sie wusste, dass sie ihn bald wiedersehen würde.

Am Tag, nachdem er Jenna im Stall geküsst hatte, begann die Sonne den Boden aufzutauen. Er hatte die Kälbchen am Morgen gefüttert, und alles war um den Gedanken gekreist, wie schön die Zeit gewesen war, die er am Vortag mit ihr verbracht hatte. So viel Spaß hatte er schon seit Jahren nicht gehabt. Und dann, als er sie zum Grillen nach Hause gebracht hatte, hatte sie sich perfekt in die Familie eingefügt. Er ermahnte sich, keine vorschnellen Schlüsse zu ziehen, nachdem er sie mit seinem Vater, seinen Brüdern und Beth und Karla erlebt hatte.

Als er mit den Kälbchen fertig war, kam Brice in die Scheune.

„Wir sind heute auf der Nordweide. Ich habe dein Pferd schon aufgeladen. Sind die Kälbchen soweit okay?"

„Wachsen wie Unkraut. Ich glaube, das Füttern mit der Flasche gefällt ihnen, doch die Kinderstube zu betreuen wird bald zum Vollzeitjob, wenn noch mehr dazu kommen. Würde mich nicht wundern, wenn wir heute mehr Zuwachs bekämen."

Doch wenn er Jenna dazu überreden könnte, ihm beim Füttern zu helfen, würde es ihm nichts ausmachen, den ganzen Tag bei den Kälbchen zu verbringen.

„Du strahlst ganz schön für einen Mann, der über Kälbchen redet", schmunzelte Brice. „Oder darf ich raten und annehmen, dass du dabei an eine zierliche Blonde mit einem hübschen Lächeln denkst?"

Er warf seinem Bruder einen überraschten Blick zu. „Ja, sie hat ein schönes Lächeln. Und es hat ihr gestern Spaß gemacht, die kleinen Dragoner zu füttern.

Woher wusstest du, dass ich an sie denke?"

Brice schmunzelte. „Ich bin zwar vom Lande, aber blöd bin ich nicht. Und du offensichtlich auch nicht. Ich würde sagen, wenn sie das ganze Gesabber und die schlechten Manieren ohne Murren ertragen hat, dann ist sie perfekt und es wert, dass du um halb acht am Morgen albern grinst."

Er lächelte. „Das Gesabber hat sie nicht gestört. Hat es einfach abgewischt, als sie sie erwischt haben."

Brice neigte den Kopf. „Oh, die Kälber haben auch gesabbert? Ich habe von dir gesprochen."

Shane lachte und versetzte seinem Bruder einen Knuff. „Verschwinde."

Lachend hob Brice die Hände. „Okay, aber du weißt, dass ich Recht habe."

Später, als sie über die Weide ritten und das Vieh zusammentrieben, kreisten seine Gedanken weiter um Jenna. Um das Gefühl ihrer Lippen auf seinen und das Strahlen ihrer Augen, als sie ihn nach dem Kuss angesehen hatte. Darum, wie sie gelacht hatte, als das Kälbchen sie umgestoßen hatte. Sie hatte gewirkt, als gehörte sie hierher.

Er folgte mit seinem Pferd einem Kälbchen, das sich in die entgegengesetzte Richtung davonmachen wollte. Sein Pferd war ein Mustang, den sie zugeritten hatten. Er war klein und schnell und hatte großartige Instinkte, was das Treiben von Vieh anging. Sable hatte glänzendes Fell, war unglaublich agil und schien die Herausforderung seines Jobs zu lieben. Jetzt schob er sich vor das Kälbchen und schnitt ihm den Weg ab, bevor er es zurück zur Herde trieb.

„Gut gemacht", lobte er den Mustang und tätschelte ihm den Hals. In diesem Moment liebte er sein Leben und wollte jemanden, mit dem er es teilen konnte. Er war soweit. Er wollte eine Familie gründen, die das Erbe fortführen würde, dessen Grundstein Generationen vor ihm hier auf der Ranch gelegt worden war. Und plötzlich wurde ihm bewusst, dass es an einer Sache lag: an der Tatsache, dass er dabei war, sich in Jenna Emory zu verlieben.

Am Donnerstag trafen sich Beth und Bella im Trödelladen, um zum Goodnight Café zu gehen.

„Sally Ann, du hast ein paar schöne neue Sachen reinbekommen, seit ich das letzte Mal hier war. Dieses weiße Buffet ist perfekt für das Haus einer meiner Kunden."

Sally Ann verschränkte die Arme und lächelte. „Du hast ein fantastisches Auge für Details. Der Schrank ist zum Verlieben. Ich habe ihn bei einem Nachlassverkauf gesehen und fand gleich, dass er etwas ganz Besonderes ist."

„Zwei Doofe, ein Gedanke", lachte Bella gut gelaunt und sah Jenna an. „Als ich angefangen habe, Sally Anns Laden zu besuchen, war mein Innenarchitekturbüro alles andere als etabliert. Doch dank der großartigen Stücke, die deine Tante im Laden hat, habe ich meinen eigenen Stil gefunden. Jetzt habe ich mir einen Ruf erarbeitet, und die Leute lieben den eklektischen Look, der zwischenzeitlich zu meinem Markenzeichen geworden ist. Jetzt brauche ich nur noch eine gute Kampagne, die meinen Stil gut herausstellt."

Jenna spürte einen kreativen Funken bei dem Gedanken. „Deine Kunden sind hauptsächlich aus der

Gegend um Forth Worth?"

„Im Augenblick, ja. Da habe ich gewohnt, als ich das Projekt angenommen habe, Carsons Haus zu dekorieren. Da ist mein Geschäft gewachsen. Doch Bride und Ransom Creek sind ziemlich zentral gelegen, um mehrere größere Städte zu bedienen: Fort Worth, Waco, Bryan-College Station, Dallas und auch die ländlichen Gegenden dazwischen. Wenn du irgendwelche Gedanken dazu hast, dann immer nur raus damit."

„Das ist eine großartige Idee", sagte Sally Ann. „Sie benutzt Social Media, um meinen kleinen Laden hier bekannter zu machen. Mein Budget ist klein, aber gestern, als Jenna Beth und dann Shane besucht hat, um diese Kälbchen zu füttern, waren schon ein paar Leute da, die gesagt haben, dass sie online von meinem Laden gehört haben."

„Es braucht nur ein bisschen Geduld und die richtige Idee für eine Kampagne, doch ich denke, dass ich einen guten Markt gefunden habe und bald mehr Leute nach Ransom Creek kommen werden, um auf der Suche nach Vintagemöbeln in deinem Laden vorbeizuschauen." Jenna lächelte, ein bisschen stolz über das Lob ihrer Tante. Sie war glücklich, dass die Arbeit, die sie mit dem begrenzten Budget geleistet hatte, bereits erste Früchte trug. Ihre Gedanken begannen, um Bellas Innenarchitekturbüro zu kreisen.

„Ich bin begeistert", sagte Sally Ann. „Ihr Mädels geht jetzt mal was essen und amüsiert euch. Ich esse heute mit Trudy hier, weil ich auf einen neuen Gast für die Pension warte. Gertie wollte auch kommen, aber das arme Ding, das sie neulich erst eingestellt hat, hat das Kellnern noch immer nicht im Griff. Das Mädchen ist mir ein Rätsel. Da gibt es eine Geschichte, wir haben nur noch nicht herausgefunden, was es ist. Aber das kommt noch."

„Da bin ich mir ganz sicher", sagte Beth. „Sie ist wahnsinnig schüchtern, das ist mir schon aufgefallen. Und Cooper hat mir erzählt, dass sie neulich am liebsten im Boden versunken wäre, als er mit Vance da war."

Jenna nickte. „Das war mein erster Tag hier im Ort, und selbst mir ist es aufgefallen. Er war wirklich süß, als sie den Teller fallengelassen hat. Er hat ihr beim Aufräumen geholfen und, Gott, war das arme Ding nervös. Ich dachte, dass sie vielleicht in ihn verknallt ist."

„Das war ihr dritter Tag im Café", erklärte Sally Ann. „Das hat Gertie uns später erzählt. Und das erste Mal, dass sie den süßen Vance gesehen hat."

„Oh, ihr führt doch schon wieder was im Schilde, oder?" Bella schmunzelte, als die Glocke über der Tür klingelte und Trudy mit ein paar Schachteln auf dem Arm herein kam. Alle drehten sich um.

„Ich habe ein paar Hamburger bei Gertie mitgenommen." Sie blieb stehen, als sie bemerkte, dass alle sie anstarrten. „Worüber redet ihr gerade?"

„Das kleine Ding, das bei Gertie arbeitet", sagte Sally Ann.

„Eine ganz stille." Trudy stellte das Essen auf den Tresen. „Gertie hat mir gerade gesagt, dass sie vermutet, dass sie sich vor irgendjemandem versteckt."

„Vor wem?"

„Wie kommt sie darauf?"

„Armes Ding."

Jenna lauschte den Bemerkungen genauso

neugierig wie besorgt.

„Tratscht das nicht weiter. Es ist nur so ein Verdacht unter uns. Wir machen uns ein bisschen Sorgen um sie. Und sie ist so arm wie eine Kirchenmaus. Sie hat immer dieselben Klamotten bei der Arbeit an – Jeans und abwechselnd ein rotes und ein rosa Shirt. Zwischenzeitlich haben wir herausgefunden, dass sie in einem Motel am Ortsrand wohnt. Sie zahlt dem alten Jonas wöchentlich am Zahltag die Miete. Sie hat Gertie nicht viel erzählt, außer, dass sie per Anhalter hergekommen ist und dass sie nur in Ransom Creek geblieben ist, weil Gertie ihr einen Job gegeben hat, als sie sie um einen gebeten hat. Ist das nicht interessant? Könnt ihr euch vorstellen, dass das junge Ding von Gott weiß wo per Anhalter hierhergekommen und in unserem Ort gelandet ist? Das muss einen doch neugierig machen."

Sally Ann runzelte die Stirn. „Mich auf jeden Fall. Glaubst du, wir sollten mit Reb darüber reden?"

„Sally Ann, der Sheriff frühstückt jeden Morgen im Café, darum bin ich mir sicher, dass er ein Auge auf die Kleine hat. Sie wird bei zwei Leuten nervös, wenn sie das Café betreten, und das sind Reb und Vance. Und irgendetwas sagt mir, dass es nicht aus demselben Grund ist."

Jenna dachte an den attraktiven Sheriff und dass sie gehört hatte, dass er Single war, doch soweit sie wusste, war er ein bisschen älter als Drake, um die vierunddreißig oder so. Und Vance war fünfundzwanzig. Und sie hatte die Reaktion des Mädchens auf Vance gesehen. „Nein, ganz sicher nicht aus demselben Grund", sagte sie.

Alle nickten.

„Wie auch immer, schaut sie euch mal an, wenn ihr beim Mittagessen seid, und überlegt, ob ihr vielleicht ein paar Klamotten habt, die ihr passen könnten. Ich würde ihr gerne helfen, denn sie sieht so aus, als könnte sie ein paar Freundinnen gebrauchen. Gertie will ihr soweit ich weiß das Zimmer über dem Diner als Teil ihrer Bezahlung anbieten."

Jenna war gerührt, wie spontan alle übereinkamen, Libby zu helfen, selbst wenn niemand wusste, was das Mädchen dazu gebracht hatte, per Anhalter durchs Land zu ziehen.

Wenig später, als sie das Diner betraten, begrüßte Libby sie. Heute sah sie ein bisschen weniger verunsichert aus als zuvor. Sie fragte sich, ob Gertie ihr bereits das Zimmer angeboten hatte. Sie trug heute tatsächlich wieder das rote Shirt, doch Jenna kam zu dem Schluss, dass sie die gleiche Kleidergröße haben mussten. Sie war sich sicher, dass sie ein paar Sachen hatte, die sie ihr geben konnte. Und selbst wenn nicht, würde sie in den Laden gehen und ihr einfach ein paar Sachen kaufen. Sie würde Trudy Bescheid sagen. Sie bemerkte, dass auch Beth und Bella sie aufmerksam ansahen.

„Setzt euch einfach schonmal, ich bringe nur eine Bestellung raus, dann komme ich gleich zu euch."

Sie bedankten sich und folgten Beth zu einer Sitznische in der Nähe des Fensters. Jenna sah sich um, doch die Presleys waren nicht da. Natürlich würden sie nicht jeden Tag hier essen, doch sie war dennoch enttäuscht.

„Ihr kommt beide aus der Großstadt und scheint das Landleben zu genießen." Es war weniger eine Frage als eine Feststellung. Beide hatten es ohnehin schon bestätigt. Sie hoffte allerdings, dass sie näher darauf eingehen würden, wie es dazu gekommen war. Sie war sich nicht sicher, ob sich der Himmel auftun und sie sich plötzlich nach einem ruhigen Leben auf dem Lande sehnen würde. Wie auch immer es für die beiden gewesen war, hoffte sie, dass sie die Frage verstanden.

„Es ist anders und ganz sicher nicht für jeden geeignet", sagte Beth. „Aber ich kann mir nicht vorstellen, je wieder über eine Stunde im Verkehr zu stecken, um zur Arbeit oder nach Hause zu kommen. Ich meine, ab und zu geht es nicht anders, wenn ich zum Shoppen oder so in die Stadt fahre, doch in Houston war das normal, und ich habe jeden Tag im Stau gestanden."

„Mir gings genauso. Auch wenn ich viel öfter in die Stadt muss als Beth, gefällt mir die Balance. Ich würde das Leben mit Carson und April nie wieder aufgeben. Ich liebe das Leben auf dem Land, weil es mir diese beiden geschenkt hat."

Bei dieser Bemerkung musste sie an Shane denken. Wenn sie seine Küsse und seine Arme um sich jeden Tag spüren könnte, könnte sie sich wahrscheinlich auch an das Leben auf dem Land gewöhnen.

„Das kann ich nachvollziehen", sagte sie, abgelenkt von den Gedanken an Shane.

„Was geht eigentlich mit dir und Shane? Ihr habt euch beim Grillen neulich Abend richtig gut verstanden." Beth strahlte, beinahe, als hätte sie Jennas Gedanken gelesen. „Ich denke, er ist verrückt nach dir."

Der Gedanke ließ ihren Magen Purzelbäume schlagen. Das hoffte sie doch. *Oder?*

Libby kam mit zwei Tellern aus der Küche, brachte sie an einen Tisch, an dem drei Männer saßen, dann ging sie zurück und brachte den dritten Teller. Sie musste zu dem Schluss gekommen sein, nicht mehr als zwei Teller auf einmal tragen zu können. Mehr wäre für Jenna auch nicht drin. Sie war immer fasziniert, wenn eine Kellnerin drei oder vier Teller auf einmal balancieren konnte, und konnte einfach nicht nachvollziehen, wie sie es schafften.

Libby nahm ihre Bestellung ohne viel Smalltalk

auf, doch es schien ihr besser zu gehen. Jenna freute sich für sie. Sie schien ein nettes Mädchen zu sein. Doch was Jenna immer noch nicht fassen konnte, war, dass die junge Frau per Anhalter hergekommen war. Sie hätte sich das nie getraut. Doch andererseits war sie nicht in einer verzweifelten Situation gewesen. Der Gedanke jagte ihr einen Schauer den Rücken hinunter. Sie schickte ein Gebet für Libby gen Himmel, und fragte sich, vor wem sie sich womöglich versteckte. Nachdem Libby gegangen war, tauschte sie Blicke mit Beth und Bella aus.

„Was wohl ihre Geschichte sein mag?", fragte Beth. „Ich hatte einen Stalker, darum frage ich mich, ob es bei ihr vielleicht auch so war?"

Jenna keuchte. „Du hattest was? Wie furchtbar!"

„Ja, aber jetzt ist alles gut. Ich bin sicher und habe meinen Ritter in glänzender Rüstung geheiratet."

„Ich freue mich so für dich. Bei Gelegenheit musst du mir mal die ganze Geschichte erzählen. Aber ich hoffe, dass das nicht das Problem ist, das Libby hat."

„Vielleicht finden wir das ja mit der Zeit raus." Bella trank einen Schluck von ihrem Wasser und blickte nachdenklich drein. „Ich bin froh, dass sie hier ist. Zumindest können wir so ein Auge auf sie haben. Und wenn es irgendwelche Probleme gibt, dann gibt es hier im Ort jede Menge guter Männer, die jederzeit bereit wären, ihr zu helfen. Carson und seine Cousins wären auf jeden Fall da."

„Das stimmt", nickte Beth. „Sie haben mir geholfen, und Lori auch."

„Lori?", fragte Jenna. Der Name klang vertraut.

„Sie und ihr Mann Trip waren auch an Silvester beim Tanz. Sie leben auf der Nachbarranch. Loris Rodeopferde sind gestohlen worden, und die Presleys haben geholfen, sie zu finden."

„Oh ja, an dem Abend habe ich etliche Paare kennengelernt." Ganz zu schweigen davon, dass sie mehr als nur ein bisschen abgelenkt war. Shane hatte ein Talent dafür, sie durcheinanderzubringen. „Die Presleys scheinen ganz bemerkenswerte Männer zu sein", fügte sie hinzu und dachte dabei ganz besonders an Shane.

„Das sind sie", nickte Beth. „Falls Libby Hilfe braucht, bekommt sie sie. Doch vielleicht geht auch nur unsere Fantasie mit uns durch, und Libby hat keine Probleme. Habe ich richtig gehört, dass du und Shane zusammen Vance' nächstes Rodeo anschauen fahren wollt?"

Den letzten Teil sagte sie leiser, da Libby mit zwei Tellern an den Tisch kam. Sie stellte sie ab und lächelte verhalten. „Bin gleich wieder da."

Sie beobachteten, wie sie in die Küche eilte und mit dem dritten Teller zurückkehrte.

„Danke, Libby, das sieht köstlich aus", sagte Jenna, froh, ein paar Augenblicke nachdenken zu können, bevor sie die Frage beantwortete.

„Das ist es sicher auch. Ich liebe das Essen hier", sagte Libby. „Man kann hier gar nichts Falsches bestellen."

„Das stimmt", nickte Beth. „Gefällt es dir hier in Ransom Creek?"

Libby biss sich auf die Lippe. „Sehr sogar. Ich bin wirklich dankbar, dass Miss Gertie mir diesen Job gegeben hat. Sie ist so eine nette Frau. Sie lässt mich sogar in das kleine Apartment über dem Diner einziehen. Ist das nicht toll?"

Alle lächelten, doch Jennas Herz schmerzte ein bisschen, als sie Libbys Augen sah. „Das ist wunderbar", sagte sie. „Brauchst du Hilfe beim Einzug?"

Libby starrte sie geschockt an. „N…nein. Ich habe nicht viel. Das schaffe ich schon. Aber danke, dass du gefragt hast. Ich muss wieder an die Arbeit, aber nochmal danke."

„Das war nett von dir", sagte Bella. „Irgendwas stimmt nicht mit diesem Mädchen."

„Vielleicht ist es gar nichts Schlimmes", sagte Beth. „Lass uns positiv denken. Und jetzt zurück zu dir und dem Rodeo mit Shane." Beth zog die Brauen in die Höhe. „Spuck's aus."

„Er hat mich gefragt, und ich bin schon lange nicht bei einem Rodeo gewesen, darum dachte ich, ich gehe einfach mal mit."

Beth lächelte. „Das ist ein guter Grund, ja zu sagen. Aber bist du dir sicher, dass es nicht zumindest ein bisschen was mit Shane zu tun hat?"

„Oh ja, das will ich auch wissen", sagte Bella und sah sie eindringlich an. „Bei euch beiden fliegen die

Funken, wenn ihr im selben Raum seid."

„Wirklich?" Ihre Wangen wurden heiß. Sie blickte zwischen den beiden anderen Frauen hin und her. „Okay, ich muss ein Geständnis machen."

Sie beugten sich verschwörerisch vor. „Raus damit", sagte Bella, und Beth nickte.

„Shane ist ein wirklich großartiger Typ, und ich kann nicht klar denken, wenn er in der Nähe ist, doch da wird nichts draus."

„Warum sagst du das?", fragte Beth. „Du siehst nicht glücklich aus."

„Wer weiß, vielleicht wird ja doch etwas draus, wenn du es zulässt", sagte Bella. Gib der Sache eine Chance. Ich habe ein gutes Gefühl, was euch beide angeht."

„Ich kann nicht hierbleiben. Ich bin nicht für die Kleinstadt gemacht."

„Du wirst sie liebgewinnen, wenn du ihr eine Chance gibst." Bella nickte und lächelte, als wollte sie damit ihre Worte unterstreichen. Oder als wüsste sie, dass Jenna diesen extra Motivationsschub brauchte.

Sie hatte gerade Beth und Bella ihr Herz

ausgeschüttet. *Was sie jetzt wohl von ihr dachten?* Sie liebten das Kleinstadtleben.

Beth legte ihre Gabel ab und sah sie besorgt an. „Ich hoffe, du gibst Shane eine echte Chance und bildest dir nicht allein auf Grundlage seines Wohnortes ein Urteil über ihn. Liebe ist ein fantastischer ausgleichender Faktor. Dir würde wirklich was entgehen. Seine Einladung zum Rodeo anzunehmen ist ein guter erster Schritt."

„Beth hat Recht. Zumindest geh unvoreingenommen an das Date heran."

Sie hoffte nur, dass sie in seiner Gegenwart überhaupt zu irgendwelchen sinnvollen Entscheidungen fähig war.

KAPITEL ELF

Am Freitagnachmittag, als Shane in die Auffahrt der Pension einbog, war sie nervös. Sally Ann hatte drei Buchungen und war damit beschäftigt, die Naschereien zuzubereiten, die sie ihren Gästen als Willkommensgruß anbot.

„Viel Spaß", hatte sie gesagt und sich nicht einmal die Mühe gemacht, zu verbergen, dass sie sich darüber freute, dass Jenna mit Shane ausging. „Entspann dich und genieß es."

„Wir gehen nur zu einem Rodeo, um Vance anzusehen."

„Unsinn. Es ist ein Date, mach dir da mal nichts

vor. Shane weiß, wenn er etwas Gutes vor der Nase hat."

Als er ausstieg, steckte sie ihren Kopf noch einmal kurz in die Küche. „Er ist da. Ich seh dich dann morgen. Ich nehme mal an, dass ich spät zurückkommen werde."

„Ich hoffe, Vance gewinnt. Sag ihm, dass ich ihm die Daumen drücke. Viel Spaß."

Als sie ihre Jacke und ihre Handtasche vom Stuhl bei der Tür nahm, war er bereits auf der Veranda. Sie öffnete die Tür, bevor er Gelegenheit hatte, anzuklopfen.

„Hallo", sagte sie und spürte die volle Wirkung des Wiedersehens. Er war nicht weniger attraktiv, nicht weniger appetitlich und nicht weniger überwältigend geworden. Wenn, dann wirkte er noch reizvoller als vor zwei Tagen, als sie das letzte Mal Zeit mit ihm verbracht hatte.

Und als sie ihm von Angesicht zu Angesicht gegenüberstand, wollte sie seinen Kuss auf ihren Lippen spüren.

Soviel zum Thema Zurückhaltung. Zum Glück war

sie in der Lage, den Drang, sich ihm an den Hals zu werfen, zu widerstehen. Doch es war schwer, als er seinen Mund zu diesem Lächeln verzog, das ihr Innerstes flattern ließ.

„Du siehst hübsch aus." Als sein Blick an ihr auf und ab wanderte, wurde ihr warm, und sie wollte ihn spüren.

„Danke", sagte sie gut gelaunt und hoffte, dass er ihr nicht ansah, dass sie ihn am liebsten angesprungen wäre. *Was war nur los mit ihr?* Sie hatte nie den Impuls gespürt, sich auf Mason zu stürzen. Doch Mason war nun einmal nicht Shane Presley.

„Nach dir." Er trat beiseite und tippte sich an den Hut.

Als sie zu seinem Truck gingen, war der Boden bereits aufgetaut. Es war ein kühler, aber der Jahreszeit angemessener Abend in Texas, darum hatte sie sich für ihre hochhackigen Stiefel entschieden, mit denen sie den Größenunterschied um sieben Zentimeter reduzierte. Als er ihr die Tür seines Pickups aufhielt, bemerkte sie, dass sie damit seinen Lippen so viel näher war als in ihren flachen Schuhen.

Sie verdrängte den Gedanken – versuchte es zumindest, doch sie schien besessen davon zu sein, seine Lippen wieder auf ihren zu spüren. Die Vorfreude trieb sie an.

Entspann dich und gib ihm eine Chance.

Wenn das doch nur so einfach gewesen wäre.

Shane lächelte Jenna an, als er sich hinters Steuer setzte. „Ich habe mich auf den Abend gefreut, seit du gesagt hast, dass du mitkommen würdest. Die Fahrt dürfte etwa zwei Stunden dauern, darum hoffe ich, dass du mich nicht so schnell leid wirst."

„Das glaube ich nicht. Ich habe mich auch auf heute Abend gefreit."

Das Zögern in ihren Worten verriet ihm, dass sie immer noch mit sich rang. Er hoffte, dass er ihr zeigen konnte, dass das Leben in einer Kleinstadt charmant und wunderbar und den Versuch wert war. Das war seine einzige Chance. Sein Bedürfnis, sie zu sehen, hatte ihm nur bestätigt, dass er dabei war, sich in sie zu verlieben. Und die Ranch war sein Zuhause, sein Erbe.

Hier wollte er die Familie großziehen, an die er in den letzten paar Tagen immer öfter gedacht hatte. Jenna hatte diese Träume von Heim und Familie geweckt, doch die Möglichkeit, dass sie seine wachsenden Gefühle nicht erwiderte und dass sie wieder in die Stadt zurückkehren würde, zwang ihn, alles auf eine Karte zu setzen.

Es war ein Risiko, sein Herz zu öffnen, doch er wusste bereits, dass er keine andere Wahl hatte. Sein Herz tat, was es wollte, und er hoffte, dass Jenna genauso wenig Kontrolle über ihr Herz hatte wie er über seines.

Die zwei Stunden Fahrt vergingen schnell. Sie unterhielten sich über die Mustangs und das Projekt, das sie für Bella übernommen hatte. Sie war offensichtlich gut in ihrem Job, denn ihre Tante hatte ihm erzählt, dass letzte Woche schon ein paar Leute in den Ort gekommen waren, die erst durch Social Media von den Läden hier erfahren hatten. Mit Social Media hatte er nicht viel am Hut – er hatte Vieh zu versorgen und Pferde zuzureiten – doch er wusste, dass viele Leute es mochten. Er war froh, dass es den Geschäften im Ort half.

Bald kamen sie am Extraco Events Center in Waco an. Die Arena war gut besucht, und die Stimme eines Ansagers dröhnte aus den Lautsprechern. Er legte seine Hand auf Jennas unteren Rücken und blieb an ihrer Seite. Er wollte sie an der Hand nehmen, doch er war sich nicht sicher, ob ihr das recht wäre.

„Lass uns was zu trinken besorgen, und wenn du Hunger hast, können wir uns was zu essen holen, bevor wir uns setzen. Das Essen hier ist immer fantastisch."

„Was zu trinken und Popcorn würden mir reichen."

„Dachte ich mir auch."

Zwanzig Minuten später saßen sie auf der Tribüne in der Nähe der Chutes. Er hatte diese Plätze ganz bewusst ausgesucht, da sie von hier Vance bei seinem Broncoritt am besten sehen konnten. Sein Arm berührte ihren, und ihre Hüften und Oberschenkel berührten einander, und er war sich ihrer so bewusst, dass er sich sicher war, dass es ihm schwerfallen würde, sich auf das Rodeo zu konzentrieren.

„Ich liebe gutes, buttriges Popcorn", gestand sie,

als sie in den Karton griff und eine Handvoll herausholte.

„Ich auch." Er nahm sich ebenfalls eine Handvoll und trank einen Schluck Cola.

„Hast du je an Rodeos teilgenommen?"

„Eine Weile. Als Teenager haben wir das alle gemacht. In Texas kann man jedes Wochenende an irgendeinem Wettbewerb teilnehmen, wenn man das will. Aber mir hat es irgendwann gereicht, mein Lassotalent auf der Ranch und nicht auf Tour einzusetzen. Doch Vance hat's voll erwischt. Er ist dauernd unterwegs, und die Ranch sponsort ihn. Er hält unseren Namen in der Presse, denn er ist gut. Im Dezember haben wir gedacht, dass er das NFR gewinnen würde. Doch er ist zweiter geworden. Dieses Jahr geht er hart ran. Er ist wild entschlossen und immer noch jung genug, dass es aufregend für ihn ist." Er zuckte mit den Schultern. „Nicht, dass es nicht etliche Cowboys über dreißig gäbe, die noch immer im Rodeozirkus erfolgreich sind oder sogar das NFR gewinnen. Die meisten in dem Alter betrachten es dann als reines Geschäft, während es für Vance und die

Jungs in seinem Alter noch Abenteuer und den Traum vom Wilden Westen symbolisiert."

Sie beobachtete ihn mit ihren hübschen Augen. „Du bist eher häuslich veranlagt."

„Das kann ich nicht leugnen." Wenn er sie schon vergraulen würde, warum dann nicht gleich? Sie brachte ihn dazu, über Dinge nachzudenken, von denen er nicht gewusst hatte, dass er dazu bereit war, warum sollte er sie dann nicht auch in Worte fassen? „Ich bin zweiunddreißig und möchte langsam anfangen, mir ein Leben mit einer Frau aufzubauen, Kinder zu haben. Ich habe kein Interesse mehr daran, mich mit anderen Männern darin zu messen, wer besser mit dem Lasso ist oder sich länger auf einem Bronco halten kann. Ich habe nie den Drang gespürt, meine künftige Familie mit den Erlösen meines Erfolgs in der Arena zu unterhalten. Stattdessen habe ich mir ein Leben aufgebaut auf dem Land, das ich liebe, in dem Ort, den ich liebe, und hoffe, dass ich eine Frau finde, die bald zu mir zieht, damit wir in nicht allzu ferner Zukunft damit anfangen können, diesem Traum kleine Rabauken hinzuzufügen."

Sie hatte den Atem angehalten, als er sprach. Ihre Miene war wie ein offenes Buch. Auch wenn sie vor ihrer Ankunft in Ransom Creek kurz davorgestanden hatte zu heiraten, war es klar, dass sie ihre Zukunft nicht so durchgeplant hatte, wie er es gerade in kaum zwei Minuten getan hatte. Solange hatte er dazu gebraucht, diesen Traum in Worte zu fassen, der in seinem Kopf entstanden war, während er ihr in ihre großen blauen Augen gestarrt hatte.

Sie schluckte langsam, ohne zu blinzeln, und er war sich immer noch nicht sicher, ob sie atmete. Dann öffnete sie den Mund ein winziges Stück, und sie atmete mit gerunzelter Stirn ein. Sie dachte nach. Vielleicht rang sie auch mit sich. Sie war einfach betörend, darum beugte er sich hier, mitten im Events Center, vor und küsste sie. Sie schmeckte nach Butterpopcorn und Cola, und auch wenn er keinen weiteren Anreiz gebraucht hatte, sie zu küssen, reichte die Süße, sie ein wenig länger küssen zu wollen.

Er hob den Kopf gerade weit genug, um selbst atmen zu können. „Du machst mich verrückt", gestand er.

„Du mich auch", flüsterte sie, kaum mehr als einen Zentimeter von seinen Lippen entfernt. „Aber ich bin nicht die Frau aus deinen Träumen."

„Woher willst du das wissen?"

„Ich bleibe nicht hier."

„Gib uns eine Chance. Das zwischen uns ist echt. Ich kann nicht aufhören, an dich zu denken, Jenna."

Sie legte ihre Hand an seine Wange, und er schmiegte sich an sie. „Gib uns eine echte Chance, solange du in Ransom Creek bist. Mehr verlange ich nicht."

„Ich habe das Gefühl, dass ich gar nicht anders kann, und das macht mir Angst."

Sein Herz machte einen Freudensprung. „Hab keine Angst. Es ist es wert, ein Risiko einzugehen. Darum will ich es auch versuchen. Falls irgendein Wunder dich zu dem Schluss bringen würde, dass ich das Risiko wert bin, dann würde ich mich geehrt fühlen. Und wenn du trotzdem nicht bleiben willst, werde ich dich gehen lassen."

Aus den Lautsprechern drang die Stimme des Ansagers, der das Broncoreiten ankündigte.

„Okay."

Einen Moment lang war er sich nicht sicher, ob er richtig gehört hatte, doch dann sagte er: „Du hast mich gerade zum glücklichsten Mann auf Erden gemacht."

Sie kicherte. „Wenn du meinst. Ich habe furchtbare Angst."

Er nahm ihre Hand, hob sie an seine Lippen und küsste sie. „Das musst du nicht. Das wird gut werden."

KAPITEL ZWÖLF

Vance gewann den Wettbewerb. Er hielt sich im Sattel, als das Pferd die Barriere durchbrach und alles Mögliche und Unmögliche versuchte, um Vance abzuwerfen. Doch er war so wild entschlossen wie talentiert und hielt sich fest. Es war die unglaublichste Leistung, die sie je gesehen hatte. Das, und der Ausdruck in Shanes Augen, als er sie darum gebeten hatte, ihnen eine Chance zu geben.

Bei ihren ohnehin schon geschwächten Abwehrmaßnahmen war ein Nein vollkommen ausgeschlossen gewesen. Nicht, wenn jede Zelle ihres Körpers schrie, dass sie sich in seine Arme werfen und ihn nie wieder loslassen sollte.

Aber wie sollte das gehen, wenn sie sich so sehr davor fürchtete, sich in ihn zu verlieben?

Sie gingen hinunter, um Vance zu seinem Sieg zu gratulieren. Shane hielt ihre Hand. Es fühlte sich angenehm und überraschend richtig an.

Vance trug immer noch seine Chaps und seine Sporen und strahlte über das ganze Gesicht, als er sie sah.

„Ihr seid wirklich da!", lachte er. „Danke, dass ihr gekommen seid. Ich wusste nicht, dass Shane ein Date mitbringen würde. Schön."

Sie wollte leugnen, dass es ein Date war, dann wurde ihr jedoch bewusst, dass es eines war – besonders, nachdem sie sich auf der Tribüne geküsst und offen miteinander geredet hatten. *Sie datete Shane Presley. Wow.*

Als sie sah, wie sehr Vance sich freute, dass sein Bruder gekommen war, um ihm zuzusehen, war sie froh, dass sie mitgekommen war. Noch mehr, als sie es ohnehin schon gewesen war.

Shane hatte ihr erklärt, dass sie es nicht zu jedem

Rodeo schaffen konnten, doch das war das Leben, das Vance gewählt hatte, und er wusste, dass seine Familie hinter ihm stand. Sie versuchten, ihn so oft wie möglich zu sehen. Manchmal überraschten sie ihn, dann tauchte die ganze Familie auf. Im Dezember waren sein Dad, Drake, Lana und ihr Mann Cam für sechs Tage nach Vegas geflogen, um ihn im Finale zu sehen. Vegas reizte Shane nicht, darum besuchte er lieber die Rodeos, die in der Nähe von Ransom Creek stattfanden.

„Ich hatte schon gehört, dass es da eine kleine Romanze zwischen euch gibt, aber ich freue mich zu sehen, dass es wahr ist. Shane ist einer von den guten Jungs." Er deutete auf Shane. „Mit ihm liegst du richtig."

Sie wusste, dass er Recht hatte. Und plötzlich wurde ihr bewusst, wie es sein würde, wenn die Leute im Ort mitbekamen, dass sie dateten.

Das Risiko, das er einging, war genauso groß wie ihres. Sie würde in die Stadt zurückkehren, doch er würde hierbleiben und sich danach mit allen herumschlagen müssen. Alle würden es wissen.

Was ihr in diesem Moment auch bewusst wurde, war, dass sie mit dieser Einstellung der Beziehung nicht wirklich die versprochene Chance gab. Sie musste aufhören, es als gegeben zu betrachten, dass sie in die Stadt zurückkehren würde.

Als sie sich wenig später auf den Rückweg nach Ransom Creek machten, fragte sie sich, wie es sich anfühlen würde, wenn sie dieser Beziehung eine echte Chance gab.

Im Verlauf der nächsten Woche fand sie es heraus. Am Sonntag ging sie mit ihrer Tante zur Kirche. Sally Ann war überglücklich, dass Jenna einer Beziehung mit Shane eine Chance gab.

Die kleine Kirche war bereits gut gefüllt, als sie eintraten. Nachdem Trudy sie mit einer herzlichen Umarmung begrüßt hatte, nahm sie neben Sally Ann Platz.

„Ich habe bereits die guten Neuigkeiten gehört, und ich bin ja so aufgeregt. Sally Ann und ich sind beste Freunde, doch wenn du und Shane zu dem

Schluss kommen solltet, dass ihr perfekt füreinander seid, und heiratet, dann sind wir auch noch verwandt. Ist das nicht fantastisch?" Sie strahlte, als wäre das, was sie gerade gesagt hatte, kein bisschen besorgniserregend.

Doch das war es. In der Vorstellung der Tanten waren Shane und sie bereits auf dem Weg zum Altar.

Tief durchatmen, ermahnte sie sich, als sie sich setzten. Sie blickte auf, als Shane sich auf dem Platz neben ihr niederließ. „Macht es dir was aus, wenn ich mich zu dir setze?"

Er duftete köstlich. Nach Leder und einem würzigen Aftershave. Doch anstatt zurückzuweichen, weil die halbe Gemeinde zusah, lehnte sie sich an ihn und inhalierte seinen Duft.

„Du riechst fantastisch." *Was war nur los mit ihr?*

„Ich gebe mir Mühe. Ich will ja nicht, dass mein Mädchen mich *nicht* umarmen will."

Sein Mädchen. Ihr Innerstes prickelte bei dem Gedanken.

Danach verflog die Zeit wie im Flug. Der Pastor hielt eine wunderbare Predigt über Dienerschaft und

Gottvertrauen. Ihre Gedanken kreisten, und sie fragte sich, ob sie sich wirklich entspannen und Gott vertrauen konnte, was ihre Gefühle gegenüber Shane anging.

Doch irgendwo zwischen dem Rodeo am Freitagabend und jetzt war ihr bewusst geworden, dass sie sich in ihn verlieben könnte.

Wenn sie es zuließ.

An diesem Nachmittag ging sie mit ihm reiten. Er war ein großartiger Lehrer und gab ihr ein ruhiges Pferd, das ganz langsam und gemächlich lief. Er küsste sie am Weiher, während die Pferde tranken, und sie gingen in der kalten, klaren Luft am Ufer spazieren. Sie kam zu dem Schluss, dass sie das Wetter in Texas liebte. Sie hatte sich an den grauen Himmel über Seattle gewöhnt und mochte die schöne Landschaft, in die die Stadt eingebettet war, doch Tage, an denen der Himmel so klar war, waren selten. Hier in Texas schien die Sonne stets ein verlässlicher Begleiter zu sein, und sie freute sich auf die wärmeren Tage, die bald kommen würden.

Als Shane ihr wieder in den Sattel half, gab er ihr

mit einer Geste zu verstehen, dass sie sich zu ihm hinunterbeugen sollte, als wollte er ihr etwas sagen. Doch stattdessen legte er die Hand in ihren Nacken und küsste sie. *So könnte er ihr gemeinsame Ausritte glatt schmackhaft machen.*

Am Montag schloss sie Bellas Marketingplan ab und nahm noch ein paar kleinere Anpassungen an Sally Anns Kampagne vor, sodass beide jetzt auf Autopilot laufen konnten. Sie musste nur ab und zu nachsehen, ob sie noch ihren Zweck erfüllten. Es war Sally Anns Aufgabe, ihr dabei zu helfen, indem sie ihre Kunden fragte, wie sie von der Pension und dem Trödelladen gehört hatten.

Am Montagabend waren alle Wochenendgäste abgereist, und Shane kam sie in der Pension besuchen. Sie saßen auf der Hollywoodschaukel auf der Veranda. Es fühlte sich überraschend richtig an, sich an ihn zu schmiegen, die Füße angezogen, während er die Schaukel gemächlich anstieß. Sie lehnte den Kopf an seine Schulter, und sie saßen einfach in der Dunkelheit und lauschten dem Zirpen der Grillen, während sie das Glitzern der Sterne am klaren Nachthimmel beobachteten. Es war seltsam, die Sterne sehen zu können. Hier am Ortsrand gab es keine Straßenlaternen, und es war dunkel genug, um die Sterne sehen zu können.

Und sich in der kalten Nachtluft an ihn zu kuscheln, machte es zu einem himmlischen Erlebnis.

Ihn beim Schaukeln zu küssen, wäre die nächste Stufe.

Als hätte er ihre Gedanken gelesen, legte er seine Fingerspitzen unter ihr Kinn, hob ihren Kopf und küsste sie. *Sie saß ganz tief in der Tinte.* Vor vier Tagen hatte sie zugestimmt, Zeit mit ihm zu verbringen und ihm eine Chance zu geben, und schon hatte sie das Gefühl, den Fokus auf das zu verlieren, was sie vom Leben wollte.

Sie stöhnte leise gegen seine Lippen, und ihre Finger schlossen sich um den Stoff seines Hemdes. Er interpretierte den Laut als Einladung und küsste sie inniger. Sie rollte ihre Zehen ein und hätte auf der Stelle zu einer Pfütze schmelzen können, doch zum Glück hatte er sie in die Arme genommen und hielt sie fest.

„Daran könnte ich mich glatt gewöhnen", flüsterte er ihr ins Ohr.

Ein elektrisches Prickeln breitete sich in ihr aus. *Nicht gut. Gar nicht gut*, dachte sie in Panik, als eine Stimme in ihrem Kopf seufzte: *So gut.*

„Ich sollte mich langsam auf den Nachhauseweg machen", sagte er. „Ich muss morgen früh raus. Wir wollen morgen Kälber zum Verkauf sortieren. Ich rufe dich an, wenn ich fertig bin. Vielleicht hast du ja Lust, dass wir zusammen zu Abend essen."

„Okay", seufzte sie, als er sie erneut küsste. Nachdem er gegangen war, kehrte sie benommen und verwirrt ins Haus zurück und ging die Treppe zu ihrem Zimmer hinauf.

In wenigen Wochen hatte dieser Cowboy ihre Welt auf den Kopf gestellt. Was sie gerade erlebt hatte – auf der Veranda zu sitzen, an seine warme Brust geschmiegt, seine starken Arme um sie gelegt, während nur die Grillen zirpten und die Sterne über ihnen glitzerten, war ein Stück Himmel gewesen. Etwas Perfekteres hatte sie noch nie erlebt.

Ihr Herz raste, als sie sich die unleugbare Tatsache

vor Augen führte ... *Shane Presley hatte ihr Herz gestohlen.*

Der Rest der Woche verging für Shane wie im Traum. Er dachte immer wieder an die Zeit, die er mit Jenna verbracht hatte und mit ihr verbringen würde. Jenna war alles, woran er denken konnte. Seine Brüder begannen, sich über ihn lustig zu machen, und er konnte es nachvollziehen. Er träumte bei der Arbeit vor sich hin. Anders als sonst, gelang es mehreren Kälbern, ihm beim Sortieren zu entkommen. Als er an der Reihe war, das Tor beim Zusammentreiben zu öffnen und zu schließen, musste Drake ihn ein paarmal rufen, bevor er das Tür öffnete, um ein Muttertier aus dem Pferch zu lassen.

Er war eine einzige Katastrophe.

Er war verliebt, und alles schien perfekt zu sein. Doch über allem schwebte die Möglichkeit, dass sie doch in die Stadt zurückkehren würde. Er war ein großes Risiko eingegangen, sein Herz so zu öffnen. Doch er war zuversichtlich, dass auch sie sich in das

Landleben, das er so liebte, verlieben würde.

„Dich hat es ordentlich erwischt", bemerkte Cooper am Donnerstag, als sie auf den Stall zugingen. „Ich habe dich noch nie so unkonzentriert erlebt. Ich glaube, mein Bruder hat sich verliebt."

„Das habe ich, Cooper. Aber ich weiß nicht, was ich tun soll."

Cooper versetzte ihm einen Klaps auf die Schulter. „Sag es ihr. Halt um ihre Hand an."

„Ja, ich habe die ganze Woche an nichts anderes denken können." Er versuchte zu lächeln, doch er war so nervös, dass das, was er zustande brachte, wahrscheinlich nicht mehr als eine schiefe Grimasse war.

Cooper lachte. „Du solltest glücklich sein."

„Ja, aber was, wenn sie nein sagt?"

„Das Risiko besteht immer. Sie hat nie gesagt, dass sie bleibt, oder?"

„Nein."

Sally Ann war an der Kasse und ging die Anzeigen für

Nachlassverkäufe durch, zu denen sie nächste Woche gehen wollte. Jenna half zwei Frauen, die auf der Suche nach einer Lampe für eine Essecke in der Küche waren. Bisher hatten sie eine hölzerne Werkzeugkiste für Küchenutensilien ausgesucht und zwei alte, ebenfalls hölzerne Coca-Cola Kisten und zwei gekalkte Barhocker ausgesucht. Doch die Lampe war eine schwierige Entscheidung, und jetzt betrachteten sie drei Lampen, die sie aus verschiedenen Ecken geholt hatten, um sie zu vergleichen. Eine Wandlampe mit rot lackiertem Schutzgitter, eine cremeweiß lackierte Hängelampe, und eine Alu-Milchkanne, die ebenfalls zu einer Hängelampe umfunktioniert worden war. Alle drei hatten ihren ganz eigenen Charme, doch jede würde das Design der Küche in eine andere Richtung bringen. Ihr selbst gefiel die rote Lampe am besten.

Hattie und Sue Ellen schwankten noch. Das könnte noch Stunden dauern. Doch darin lag ja der Spaß beim Trödeln.

Erst als sie ihr Handy klingeln hörte, bemerkte sie, dass sie es an der Kasse liegengelassen hatte. Sie entschuldigte sich und eilte nach vorn. Die Trödeljagd der beiden Frauen hatte sie wirklich von Shane abgelenkt.

„Ich wollte es dir gerade bringen", sagte Tante Sally Ann, die ihr mit dem Handy in der Hand entgegenkam. „Danke, dass du Hattie und Sue Ellen hilfst."

„Gern geschehen. Ich glaube, dass sie sich noch vor Weihnachten entscheiden werden", feixte sie, als sie ihrer kichernden Tante das Handy abnahm. Sie nahm den Anruf an, wahrscheinlich gerade noch rechtzeitig, bevor der Anrufer aufgab. „Hallo", meldete sie sich. Sie hatte die Nummer nicht erkannt und fragte sich, ob es vielleicht ein Jobangebot war. Sie hatte ein paar Initiativbewerbungen verschickt und rechnete damit, bald ein paar Antworten zu bekommen.

Sie lag richtig. Der Anrufer bot ihr ihren Traumjob an.

In New York.

KAPITEL DREIZEHN

Shane bereitete gerade die Flaschen für die Abendfütterung der Kälbchen vor, als Jenna hereinkam. Er hatte sich den ganzen Tag darauf gefreut, sie zu sehen. Er wurde reizbar, wenn er sie nicht jeden Tag sah. Es hatte ihn wirklich böse erwischt. Als sie hereinkam, wusste er jedoch sofort, dass etwas nicht stimmte.

„Was ist mit dir?", fragte er und stellte die Flasche, die er gerade gemixt hatte, ab. Sie zwang sich zu einem Lächeln und blickte über die Tür in die Box mit den Kälbchen. Ihm stockte der Atem. „Ist was mit Sally Ann?"

Sie schüttelte den Kopf und sagte nichts, doch er wusste schon, was los war.

„Du verlässt Ransom Creek", sagte er leise und legte eine Hand auf ihre Schulter. Er spürte, wie sie die Muskeln anspannte und tief Luft holte. Er drehte sie zu sich um. „Wann?"

Sie war blass. „Ich habe ein wahnsinnig tolles Jobangebot bekommen. Der Job, bei dem ich am wenigsten mit einer Zusage gerechnet habe. Ich habe mich trotzdem beworben, da ich mir dachte, mehr als nein sagen können sie nicht… Er ist in New York, und sie wollen, dass ich übermorgen anfange. Ich fliege morgen hin."

Die Welt blieb stehen, als er in ihre großen, besorgten Augen blickte. Er hatte gewusst, dass das passieren würde. Er hatte es gewusst und war trotzdem ins offene Messer gelaufen. „Ich freue mich für dich", brachte er heraus, doch die Anstrengung war monumental. Sein Magen zog sich zusammen.

„Ich kann mir diese Chance nicht entgehen lassen. Ich werde mit Tante Sally Ann reden. Sie wird vielleicht traurig sein, doch sie wusste, dass es kommen würde."

Er nickte. Sally Ann tat ihm leid. „Ich wusste es auch", sagte er mit rauer Stimme. Er wollte sie bitten, nicht zu gehen. Er wollte sie anflehen, doch das wäre erbärmlich, denn er hatte ihr versprochen, dass er ihre Entscheidung akzeptieren würde. Und das würde er tun, auch wenn er nicht wusste, wie er ohne sie weiterleben sollte. „Es war ein smarter Zug von ihnen, dich einzustellen." Er schenkte ihr das beste Lächeln, das er aufbringen konnte, war sich jedoch sicher, dass es eher eine Grimasse war.

„Das Büro ist in der Nähe des Rockefeller Centers, und sie stellen mir eine Wohnung zur Verfügung, bis ich selbst etwas Passendes gefunden habe."

„Das ist großartig. Dann kannst du an Weihnachten vor dem Rockefeller Center Schlittschuhlaufen gehen."

Sie biss sich auf die Lippe. Die Kälbchen protestierten lautstark. „Wir sollten sie füttern." Sie ging zur Arbeitsfläche und nahm zwei Flaschen. Er nahm die übrigen Flaschen und ging in die Box, in der er das Fütterungsgestell gelassen hatte. Seine Hände zitterten, und er hielt einen Moment inne, um durchzuatmen. Er schloss die Augen. Er konnte sie in der Box nebenan leise lachen hören, als die Kälbchen ungestüm an ihren Flaschen andockten. Sie hatte zwischenzeitlich Übung darin, sie zu füttern.

Sei ein Mann, Presley, schalt er sich und ging ihr helfen.

„Die wachsen wirklich unglaublich schnell." Sie sah ihn mit strahlenden Augen an.

Er lehnte sich an die Wand der Box und bemühte sich, lässig zu wirken. Sie schaffte es mittlerweile, beide Kälbchen gleichzeitig zu füttern, ohne, dass sie sie umstießen. „Sie wachsen schnell. Das machst du übrigens gut. Und siehst auch noch gut aus dabei."

Sie lächelte. „Ich hätte nie gedacht, dass ich das jemals machen würde. Oder dass es mir Spaß machen könnte."

Ein Kloß wuchs in seinem Hals. „Du kannst alles, was du dir in den Kopf setzt. Das wusste ich, als ich dich das erste Mal gesehen habe."

„Unsinn. Ich weiß, wie ich ausgesehen habe, als

du mich gerettet hast."

„Nein, wirklich. Du warst wild entschlossen, zum Truck zu kommen, trotz dieser lächerlichen Stiefel, und hast versucht, auf dem Eis zu laufen. Angst hast du nicht vor Herausforderungen."

Als sie ihn ansah, flogen die Funken zwischen ihnen.

Ihre Augen wurden glasig. Sie blinzelte, und er wusste, dass sie gegen Tränen ankämpfte. „Danke. Gut gefühlt habe ich mich nicht in dieser Nacht." Sie wandte sich den Kälbchen zu. Er rieb sich den Nacken und wehrte sich gegen den Drang, sie in seine Arme zu ziehen.

Er ging auf sie zu und nahm eine der Flaschen; dann ging er neben ihr in die Hocke, legte den Arm um sie und begann, das zweite Kälbchen zu füttern. Sie blickte zu ihm auf, und er küsste sie.

Er wusste, dass es keine gute Idee war, dass er aufhören sollte, doch er hatte das Bedürfnis, sie zu berühren. So viele Küsse wie möglich zu ergattern, bevor sie ihn verließ.

Als sie mit dem Füttern fertig waren, brachten sie

die Flaschen in die Küche und spülten sie ab. Anschließend nahm er sie bei der Hand, und sie verließen den Stall durch den hinteren Ausgang. Draußen war alles still, und weit und breit war niemand zu sehen, darum zog er sie in seine Arme.

„Es hat mir hier gefallen." Sie blickte mit ernsten, verständnisheischenden Augen zu ihm auf.

Das Bedürfnis, sie zu küssen, war überwältigend. „Ich hoffe, du weißt, wie sehr ich dich festhalten und hierbehalten will." Er senkte den Kopf, schmiegte seine Wange an ihre weichen Haare und inhalierte ihren süßen Duft. Er musste dieses Gefühl so lange in seinem Herzen festhalten, wie er konnte. „Aber ich habe dir versprochen, dass ich mich dir nicht in den Weg stellen würde, wenn du dich entscheidest, zu gehen."

Sie vergrub ihr Gesicht an ihrer Brust, und er hielt sich fest. Er spürte, dass sie zitterte und zwang sich zu schweigen. Er würde sie nicht bitten zu bleiben. Wenn sie bleiben wollte, würde sie es tun. Oder wenn sie zurückkommen würde, würde sie es tun. Und wenn sie ihn wollte, würde sie es ihm sagen.

„Ich muss gehen", sagte sie. „Aber es fällt mir nicht leicht. Ich habe dich wirklich liebgewonnen."

Er schloss die Augen und schwieg. Als sie den Kopf hob, küsste er sie und saugte das Gefühl in sich auf, bevor er sich zwang, den Kopf wieder zu heben. „Du musst sicher packen."

„Ja." In ihren Augen waren Tränen, die sie schnell wegzublinzeln versuchte, doch eine musste sie wegwischen. „Ich sollte gehen."

Er nickte, ließ sie los und trat einen Schritt zurück, um Distanz zu schaffen. „Pass gut auf dich auf in der großen Stadt."

Sie nickte, dann wandte sie sich um und eilte hinaus. Er blieb wie angewurzelt stehen und regte sich nicht, bis er sie wegfahren hörte.

Drake kam herein. „Ich habe gerade Jenna weinend wegfahren sehen. Was ist passiert?"

„Sie hat mir gerade gesagt, dass sie einen Job in New York annimmt."

„Oh Mann, das tut mir leid. Sie hat ausgesehen, als wäre sie alles andere als glücklich darüber."

„Ich weiß nicht. Ich bin ein Risiko eingegangen

und habe verloren. Dass sie geweint hat, sagt mir wenigstens, dass sie auch etwas empfunden hat."

Aber gegangen ist sie dennoch.

Tränen liefen ihr über das Gesicht, als sie Shane verließ. Er war so zärtlich gewesen, dabei hatte sie damit gerechnet, dass er wütend reagieren würde. Er hatte sie kampflos ziehen lassen, und sie war sich nicht sicher, was sie davon halten sollte … doch er hatte versprochen, sich ihr nicht in den Weg zu stellen und sich offensichtlich daran gehalten.

Hatte sie sich das insgeheim gewünscht?

Sie schniefte und wischte die Tränen weg, als sie auf den Parkplatz von Tante Sally Anns Pension fuhr. Sie hatte immer davon geträumt, in New York zu arbeiten, und das war ihre Chance.

„Was ist passiert?", fragte Tante Sally Ann und blickte von ihrem Brotteig auf, als sie in die Küche kam.

„Ich muss mit dir reden." Sie setzte sich auf einen Barhocker an der Kücheninsel.

Ihre Tante warf ein frisches Küchenhandtuch über den Teig und setzte sich neben sie. „Ich höre."

„Ich habe heute einen Job in New York angeboten bekommen. Es ist mein Traumjob, und … also ich habe das Angebot angenommen. Ich muss morgen abreisen."

„Oh." Sally Ann ließ die Schultern hängen. „Ich schätze, ich wusste, dass das passieren würde. Es gefällt mir nicht, aber ich kann dich nicht zwingen, meinen kleinen Ort zu lieben. Ich dachte nur, du hättest deine Meinung geändert."

„Ich mag Ransom Creek. Es ist mir ans Herz gewachsen."

„Scheinbar nicht genug. Wie hat Shane es aufgenommen?"

„Sehr gut", seufzte sie. „Viel zu gut."

Aufmerksame Augen musterten sie. „Du klingst nicht sonderlich glücklich darüber."

„Er hat nicht versucht, mich aufzuhalten. Und … naja." Sie seufzte erneut.

„Du wolltest, dass er es versucht."

„Scheinbar. Zumindest–"

„Zumindest was? Dann hätte er sagen müssen, wie sehr er dich will, wo er bereits weiß, dass du ihn nicht genug willst, um zu bleiben. Scheint, als willst du mehr, als dir zusteht. Wie wäre es, wenn du ihm sagst, dass du ihn liebst und bleiben willst? Das könntest du tun."

Hatte ihre Tante das gerade wirklich gesagt? Hatte sie zu viel gewollt?

„Ich liebe ihn wirklich."

„Aber du kannst nichts für ihn aufgeben. Meiner Meinung nach gibt es jede Menge Städte in der Nähe, um deine Karriere weiterzuverfolgen. Wie Bella gesagt hat, wir liegen zentral zwischen vielen Städten. Aber wenn dein Herz an New York hängt, dann wünsche ich dir alles Gute. Ich will nur, dass du glücklich wirst."

Sie starrte ihre Tante an. *Würde sie wirklich in New York glücklich werden, nachdem sie sich hier in Shane verliebt hatte?* Als sie ihre Initiativbewerbungen verschickt hatte, hatte sie sich nichts mehr gewünscht, als nach New York zu gehen. *Doch wollte sie das noch immer? Konnte sie Shane so leicht vergessen, wie er sie hatte ziehen lassen?*

Sie holte ein Stück Plundergebäck unter einer großen Glasglocke hervor, die in der Mitte der Center stand. Sie biss herzhaft hinein und kaute auf der Köstlichkeit herum, ohne wirklich etwas zu schmecken, während sie über ihre Optionen nachdachte. Es machte sie wirklich wütend, dass der Mann, den sie liebte, nicht bereit war, um sie zu kämpfen. Ja, er hatte ihr gesagt, dass er ihr nicht im Weg stehen würde. Und wenn Shane Presley eines war, dann war er ein Mann, der zu seinem Wort stand. Doch sie würde zurücklassen, was sie geteilt hatten, oder zumindest, was sie geglaubt hatte, mit ihm zu teilen. Und er ließ sie einfach ziehen.

Bedeutete sie ihm denn gar nichts?

Der Gedanke nagte an ihr, während sie mechanisch das Plundergebäck vertilgte.

Sie starrte ihre leere Hand an und dann ihre Tante, die sie fassungslos beobachtete.

Vielleicht gab der Zucker in dem Gebäckteilchen ihren Gehirnzellen einen dringend benötigten Energieschub, doch was immer es war, plötzlich vibrierte sie. „Ich muss was erledigen gehen." Sie stand auf.

Tante Sally Ann lächelte. „Ich wusste, dass du nicht einfach so gehen kannst."

Sie kniff die Augen zusammen. „Nein, das ist mir auch gerade bewusst geworden. Ich muss Shane erst noch die Meinung sagen, bevor ich morgen in den Flieger steige."

Shane saß auf dem Reitplatz auf dem Rücken der Appaloosa-Stute, um anzufangen, sie zuzureiten. Vance würde weitermachen, wenn er die Zeit dazu fand. Sie war vielversprechend, doch Shane war unkonzentriert. Er schalt sich innerlich, Jenna gehengelassen zu haben.

Er wusste, dass er hätte versuchen sollen, sie aufzuhalten. Doch er hatte ihr versprochen, dass er es nicht tun würde, und er war entschlossen, sie ziehen zu lassen. Wenn sie ihn nicht genug liebte, um zu bleiben, dann würde aus ihnen sowieso nichts werden. Er schloss die Augen und sah ihr Gesicht, ihre schönen Augen und ihre entschlossene Miene. Er wollte, dass sie glücklich wurde. Er würde schon zurechtkommen.

Drake hatte ihm gesagt, dass er ihr nachgehen sollte. Doch er konnte es nicht.

„Hey, Shane, sieht aus, als hättest du Besuch!", rief Cooper von einem der Trucks, an dem er arbeitete. Er wischte sich die Hände an einem Lumpen ab, als er Jennas Mietwagen kommen sah.

Shanes Herz begann zu pochen, als Jenna den Wagen abstellte und ausstieg. Den Blick auf ihn gerichtet, ging sie mit einem kurzen Nicken an Cooper vorbei.

Cooper blickte ihr nach und grinste, dann winkte er ihm zu und ging in Richtung Haus – um ihnen ein bisschen Privatsphäre zu gönnen, nahm Shane an. Er stieg ab und ging zum Zaun. Jenna öffnete das Tor, trat ein, schloss es wieder und blieb vor ihm stehen, als er das Pferd an einen Pfosten band und ihrem wütenden Blick begegnete.

„Bist du wütend?" Sie sah schön aus, und die Tatsache, dass sie hier war, würde es ihm schwerer machen, sie noch einmal gehen zu lassen.

„Ja. Wenn ich ehrlich bin, stehe ich kurz vorm

Explodieren. Du hast mich gehen lassen. Erst küsst du mich, als liebtest du mich, und dann lässt du mich einfach gehen."

Er trat auf sie zu. „Ich dachte, dass es das war, was du wolltest. Du hast mich geküsst, als ob du mich liebst, und dann bist du gegangen."

Sie starrten einander an. Ihre Augen blitzten wütend und verletzt.

„Du… du kannst nicht jemanden, den du liebst, gehen lassen, ohne ihm zu sagen, dass du ihn liebst."

„Was willst du, dass ich sage, Jenna? Dass ich dich liebe und nicht will, dass du gehst? Denn, wenn ich ehrlich bin, ist das genau das, was ich sagen will. Doch du hast Besseres vor, als in diesem Kuhkaff zu bleiben, und ich habe dir versprochen, dass ich dir nicht im Weg stehen werde. Doch es fällt mir schwer, dieses Versprechen einzuhalten, wenn du so vor mir stehst. Dich einmal gehen zu lassen. war schwer genug, und jetzt weiß ich nicht, ob ich es noch einmal kann."

„Du liebst mich?"

„Ja", presste er zwischen zusammengebissenen

Zähnen hervor. „Wie könnte ich auch nicht? Und du, liebst du mich?"

Sie nickte und hielt seinem Blick mit vor Emotionen glänzenden Augen stand. „Ja, das tue ich."

Mehr konnte er nicht ertragen. Er trat auf sie zu, grub seine Hände in ihre Haare, bog ihren Kopf empor und küsste sie. „Ich kann dich nicht noch einmal gehen lassen", knurrte er gegen ihre Lippen, als sie ihre Hände um seine Taille legte und ihn festhielt.

„Dann tu es nicht", flüsterte sie und küsste ihn verzweifelt.

So viele Gefühle brachen über ihn herein. „Dann bleibst du?", fragte er, als sie nach Luft rangen nach einem Kuss, in dem sich Verzweiflung und Hoffnung vermischt hatten.

„Ja, ich bleibe."

Sein Herz machte einen Sprung, und im nächsten Moment ließ er sie los und ging vor ihr auf die Knie. Sie keuchte, als er ihre Hand ergriff und zu ihr aufblickte.

„Was tust du da?"

„Jenna, ich will es ganz klar machen. Willst du

mich heiraten? Ich gehe mal davon aus, dass wir alles andere später klären können, doch jetzt will ich erst einmal wissen, ob du mich heiraten willst. Denn es nicht zu wissen, macht mich fertig."

Sie bückte sich zu ihm hinunter, legte die Arme um seinen Hals und schmolz in seine Arme. „Ja", sagte sie nur, dann küsste sie ihn, und er hielt sie fest.

In diesem Moment nahm er sich vor, sie für den Rest seines Lebens so oft wie möglich zu halten.

KAPITEL EPILOG

Jenna schlüpfte in eine Sitznische in Gerties Café, so aufgeregt, dass sie albern grinste. Bella, Beth und Lori, mit denen sie sich in dem Monat, der seit ihrer Verlobung mit Shane vergangen war, angefreundet hatte, standen ihr zwischenzeitlich so nah, dass sie sich ein Leben ohne sie nicht mehr vorstellen konnte. Sie verbrachte ihre Abende mit Shane und arbeitete an ihrem neuen Businessplan und konnte sich nicht vorstellen, wie glücklich sie war und bereit, sich ein Leben hier in Ransom Creek aufzubauen.

„Erzähl", begann Lori. „Warum hast du uns

hergebeten?"

„Ja, hast du es bekommen?" Bellas Augen glitzerten.

„Natürlich hat sie es bekommen", schnaubte Beth und versetzte ihr einen Knuff mit dem Ellbogen. „Sie würde nicht so grinsen, wenn dem nicht so wäre."

Jenna holte tief Luft und ließ alle fröhlich vor sich hin spekulieren, während sie den Augenblick genoss. „Ich habe das Projekt. Und es ist noch besser als ich dachte. Sie wollen, dass ich sie *und* ihre Schwestergesellschaft vermarkte."

„Ich wusste es!" Beth hob die Hand für ein High Five und alle schlossen sich ihr an.

„Ich wette, Shane ist genauso begeistert", sagte Bella. „Ich freue mich so für dich. Ich wusste schon, bevor New York bei dir angeklopft hat, dass du Kunden finden würdest. Wenn ich es von Bride aus geschafft habe, mein Geschäft aufzubauen, dann schaffst du es auch von hier aus. Du bist ein Vollblut-Marketingguru, darum wusste ich, dass du deine Dienstleistungen vermarkten kannst, wenn du es nur willst." Sie lachte.

Es war die Wahrheit. Doch sie war nervös gewesen. „Euer aller Zuspruch und die Unterstützung von Shane und Tante Sally Ann war alles, was ich gebraucht habe."

Doch wenn sie ehrlich war, hätte sie nie im Traum daran gedacht, welche Wendung ihr Leben zwischenzeitlich genommen hatte. Eine Tür hatte sich geschlossen, und Gott hatte die richtige Tür für sie geöffnet, und zum Glück hatte sie sich von ihrem Herzen hindurch leiten lassen.

Libby kam an ihren Tisch. Sie sah zwischenzeitlich ein wenig entspannter aus als direkt nach ihrer Ankunft. Sie war immer noch ein Buch mit sieben Siegeln, über das alle im Ort rätselten, doch bisher wusste niemand mehr über sie als an dem Tag, an dem sie mit kaum mehr als den Kleidern, die sie am Leib getragen hatte, hier angekommen war.

„Ihr seht begeistert aus." Libby lächelte und hielt Stift und Schreibblock bereit, um ihre Bestellung aufzunehmen. „Feiert ihr etwas?"

„Oh ja. Ich habe gerade meinen ersten Kunden als selbständige Marketingberaterin an Land gezogen."

„Oh, das ist toll. Ich wette, du bist großartig darin. Ich freue mich für dich."

„Danke. Du siehst hübsch aus heute. Ist das eine neue Bluse?", fragte Jenna und war froh, dass sie es bemerkt hatte, als Libby ein bisschen rot wurde und sie erfreut ansah.

Sofort stimmten alle ein und bestätigten, wie hübsch sie aussah, woraufhin sie nur noch roter wurde.

„Ja. Ich habe ein bisschen Geld gespart und ein paar neue Blusen gekauft." Sie beugte sich vor und fuhr leise fort. „Ich meine. Ich bin euch wirklich dankbar für die Kleider, die ihr mir gegeben habt. Die waren alle so schön, aber es fühlt sich gut an, dass ich mir selbst etwas kaufen kann. Das gibt mir das Gefühl, dass ich endlich auf eigenen Beinen stehe."

Sie bemühten sich, sich nicht zu überrascht zu geben angesichts des Geständnisses des Mädchens. Jenna konnte nachvollziehen, was sie sagte, denn auch sie hatte gerade den ersten Schritt in diese Richtung gemacht. Sie fing hier neu an, doch dieser neue Kunde gab ihr das Gefühl, Halt gefunden zu haben. Ihr ging es wirklich gut – doch wem würde es nicht gut gehen mit der Liebe eines fantastischen Mannes wie Shane und so wunderbaren Freunden? Doch es war ein weiteres Plus zu wissen, dass auch ihre Karriere im Begriff war, aufzublühen.

„Es ist ein gutes Gefühl. Du und ich, wir sind etwa zur gleichen Zeit nach Ransom Creek gekommen. Ich bin froh, dass es dir auch gefällt.”

„Oh ja, das tut es. Ihr seid alle so nett zu mir. Und ich freue mich über die Einladung zu eurer Hochzeit. Das war so süß von dir und Shane. Er ist wirklich nett. Und so gutaussehend.”

Bella lächelte. „Drei seiner Brüder sind noch Singles. Und Vance kommt auch zur Hochzeit.”

Jenna trat Bella unter dem Tisch auf den Fuß. Bei der Erwähnung von Vance' Namen war das arme Mädchen sofort in Panik ausgebrochen und erneut rot geworden.

„Ich sollte eure Bestellungen aufnehmen, bevor der Mittagsansturm anfängt.”

Sie hatten Erbarmen mit dem armen Mädchen und gaben ihre Bestellungen auf. Nachdem sie in die Küche verschwunden war, schüttelte Jenna den Kopf in Bellas Richtung. „Du bist furchtbar."

„Ich konnte nicht anders. Sie mag ihn. Das können alle sehen."

„Sie kann ihn nicht einmal ansehen", sagte Jenna.

Gertie kam aus der Küche. „Was habt ihr Mädchen mit meiner Kellnerin gemacht? Sie war tomatenrot, als sie in die Küche gekommen ist. Ich hatte schon erwartet, rauszukommen und Vance im Gastraum zu finden."

„Bella hat erwähnt, dass er zur Hochzeit kommt", kicherte Beth. „Das hat gereicht."

„Das arme Ding hat es wirklich böse erwischt. Deine Tante ist vorhin kurz hier gewesen und hat mir von deinen neuen Kunden erzählt. Herzlichen Glückwunsch."

Wie schnell sich hier Nachrichten verbreiteten war definitiv etwas, woran sie sich noch gewöhnen musste. Sie hatte gewusst, dass Tante Sally Ann es nicht für sich behalten würde, doch zwischenzeitlich fragte sie sich, wie viele andere es schon wussten. „Sie war wirklich begeistert."

„Ich auch. Und da kommen noch mehr nach."

Die Tür ging auf, und plötzlich schien der Raum zu schrumpfen, als Shane mit seinen Brüdern hereinkam – einschließlich Vance, der fürs Wochenende nach Hause gekommen war. Shanes Blick wanderte zu ihr und wie von einem Magneten angezogen ging er auf sie zu. Ohne zu zögern, und ohne sich darum zu scheren, dass das Diner gut besucht war, stand sie auf und ging auf ihn zu. Er legte seine Arme um sie und sie inhalierte seinen Duft. Das war etwas, das sie nie leid werden würde.

„Guten Morgen." Er küsste sie auf die Schläfe. „Hast du ihnen schon die Neuigkeiten erzählt?"

„Ja. Sie freuen sich für mich."

„Das ist erst der Anfang. Hast du heute Abend Zeit für ein Date? Ich kann es kaum abwarten, bis du endlich jeden Abend mit mir nach Hause kommst. Bis zum 3. April ist noch so lange hin."

„Natürlich habe ich Zeit. Ich treffe dich um sechs bei den Kälbchen zum Füttern. Und ich kann den 3. April auch kaum erwarten." Sie hatten ein paar neue Kälbchen zu füttern, und sie liebte es, Zeit mit ihm zu verbringen und sich um die Kälbchen zu kümmern.

Außerdem waren sie damit beschäftigt, eines der anderen Häuser auf der Ranch zu renovieren, um dort einzuziehen, und genossen es, zusammen zu malern und zu dekorieren.

Jeder Moment, den sie mit ihm verbrachte, brachte ihr Freude.

Plötzlich schepperte und klirrte Geschirr, und alle im Raum wirbelten herum und sahen Libby, die mit zwei Tellern aus der Küche gekommen war. Als sie Vance gesehen hatte, hatte sie einen der Teller fallen gelassen.

„Oh, tut mir leid." Ihr Blick fiel auf Vance. Er blickte unbehaglich drein, ging jedoch sofort in ihre Richtung, um ihr zu helfen. Sie machte kehrt und eilte zurück in die Küche.

Gertie schüttelte den Kopf, doch ein leises Lächeln umspielte ihre Lippen als sie sich bückte, um das Sandwich und die Fritten aufzuheben. „Sohn, du hast wirklich ein Händchen für Frauen", sagte sie zu Vance, als er sich ebenfalls bückte, um ihr zu helfen.

„Tut mir leid, Gertie. Warum lässt sie dauernd irgendwelche Teller fallen?"

„Nur, wenn du ins Diner kommst."

„Aber warum? Sie spricht kaum mit mir."

„Sie ist schüchtern. Darum. Geh, setz dich hin. Ich mach das schon. Wenn sie wieder bei Sinnen ist, kommt sie wieder raus. Sie wird langsam zu einer guten Kellnerin. Zum Glück bist du der einzige, bei dessen Anblick sie Teller fallen lässt, und du kommst nur alle Jubeljahre mal vorbei."

Er lächelte sie schief an. „Keine Ahnung, warum sie so reagiert."

„Da wirst du schon früher oder später draufkommen." Gertie scheuchte ihn weg, und er ging zu Drake und Brice, die sich am Nachbartisch von Jenna niedergelassen hatten.

„Meinst du, sie ist so verknallt in ihn, dass sie deswegen die Teller fallen lässt?" Shane küsste Jenna zärtlich auf die Wange.

„Vielleicht, aber ich denke, da ist mehr dran", flüsterte sie. „Sie kommt zur Hochzeit, das dürfte also interessant werden. Sie muss nicht servieren, darum hat sie nichts, was sie fallenlassen könnte, wenn sie ihn dort sieht. Wer weiß? Vielleicht schafft sie es ja da, sich mit ihm zu unterhalten."

„Vielleicht. Doch an dem Tag interessiert mich nichts außer meiner schönen Braut. Ich glaube kaum, dass ich mitbekommen werde, wer außer uns bei der Zeremonie anwesend ist."

Jenna konnte immer noch nicht fassen, dass sie in ein paar Wochen seine Frau sein würde.

„Mir dürfte es da nicht anders gehen. Ich liebe dich."

„Ich liebe dich mehr." Dann küsste er sie, und aus der Ferne glaubte sie Klatschen und Johlen zu hören.

Auszug aus

VANCE

Die Cowboys von Ransom Creek, Buch 5

KAPITEL EINS

Libby Dunaway, im kleinen Ort Ransom Creek unter dem Namen Libby Smith bekannt, brachte mehrere Teller mit heißen Speisen in den Gastraum des Goodnight Café. Sie hatte sich daran gewöhnt, ihren tatsächlichen Namen geheim zu halten, und rechtfertigte die Verwendung eines falschen Namens damit, dass ihr für den Moment keine andere Wahl blieb. Sie tat, was sie tun musste.

Während sie die Teller mit dem Braten

balancierte, sah sie sich im Diner um und wäre beinahe gestolpert, als sie Vance Presley mit seinem Bruder Drake an einem Tisch sitzen sah. Ihr Mund wurde trocken. Er musste hereingekommen sein, als sie in der Küche gewesen war. Ihr Magen reagierte sofort mit einem nervösen Flattern.

Sie holte tief Luft und versuchte, sich zu beruhigen.

Der Rodeoreiter war so ziemlich der bestaussehende Mann, den sie je gesehen hatte, und er erinnerte sie so sehr an Mark, dass es beinahe unheimlich war – und in jeder Hinsicht beunruhigend. Das erste Mal war sie ihm begegnet, kurz, nachdem sie per Anhalter in den Ort gekommen war und den Job im Diner angenommen hatte. Als er das erste Mal ins Diner gekommen und ihre Blicke einander begegnet waren, hatte sie einen Moment lang gedacht, es wäre Mark gewesen, der von den Toten auferstanden war. Da wäre sie beinahe in Ohnmacht gefallen. Es war ihr gerade so gelungen, sich auf den Beinen zu halten, doch die Teller mit den Hamburgern, die sie balanciert hatte, waren klirrend zu Boden gefallen.

Seine schönen, strahlenden Augen und sein spitzbübisches Gesicht erinnerten sie so sehr an Mark, dass es ein Wunder war, dass sie nicht mit den Tellern zu Boden gegangen war.

Jetzt war er wieder hier, und sie konnte nicht klar denken.

Reiß dich zusammen, Libby.

Sie bemühte sich, doch ihr Herz pochte, und ihre Hände zitterten unter den Tellern mit Gerties Braten mit Kartoffelbrei und Sauce.

Ich werde die Teller nicht fallen lassen. Ich werde die Teller nicht fallen lassen.

Zum Glück kam der gutaussehende Reiter nicht allzu oft, doch natürlich war er wegen der Hochzeit seines Bruders, die am Wochenende stattfinden würde, hier.

Es war nicht nur seine Ähnlichkeit mit Mark, sondern auch ihre anderen beunruhigenden Reaktionen. Denn wenn Vance Presley in der Nähe war, wanderten ihre Gedanken zu süßen Küssen und der Hoffnung auf starke Arme, die sie hielten und ihr Sicherheit gaben. Das war inakzeptabel.

Sie rang mit sich und riss die Augen von Vance los, während sie sich auf die zitternden Teller konzentrierte und es schaffte, ihre Hände zu beruhigen.

Wie magnetisch angezogen hob sie den Blick und begegnete seinem. Sie konnte sich nicht bewegen. Er war umwerfend. Mehr als das. Er raubte ihr den Atem und den Verstand. Sie schüttelte kaum merklich den Kopf, blinzelte und riss den Blick von dem Cowboy los, als Schuldgefühle sie wie ein D-Zug trafen.

Was war nur los mit ihr?

Seit sie vor fast zwei Monaten geflohen und hier gelandet war, hatte sie nicht klar denken können.

Doch jetzt musste sie die Teller mit dem Braten unversehrt an die Tische der Mittagsgäste bringen.

Als sie sah, dass Vance aufstand und einen Schritt in ihre Richtung machte, erstarrte sie, und ihre Hände begannen unkontrollierbar zu zittern.

Nicht schon wieder! Vance schnitt eine Grimasse, als er sah, wie ihr die Teller aus den Händen glitten. Die niedliche Kellnerin war weiß wie die Wand geworden. Das war sein dritter Besuch zu Hause, seit sie im Ort aufgetaucht war und Gertie sie eingestellt hatte. Jedes Mal, wenn er das Café betreten hatte, hatte sie Teller mit Essen fallen lassen.

Er hatte ein schlechtes Gewissen, denn seine Brüder hatten ihm gesagt, dass sie es nur tat, wenn er ins Diner kam. Er hatte darauf gewartet, dass sie aus der Küche kam, und als sich ihre Blicke begegneten, war es, als hätte ihm ein wilder Mustang in den Magen getreten. Als sie angefangen hatte zu zittern, hatte er gewusst, dass es wieder passieren würde, doch er wollte verhindern, dass sie seinetwegen noch einen Teller fallen ließ. Er ging auf sie zu. Als ihr die Teller aus den Händen glitten, hechtete er auf sie zu.

Alle verstummten, als drei Teller mit Gerties Rinderbraten und Sauce auf seinen Armen landeten und sich über seine Jeans und seine Stiefel ergossen.

Sein Versuch, sie aufzufangen, war ein kolossaler Fehlschlag gewesen.

„Deine Stiefel", keuchte Libby mit weit aufgerissenen Augen. „Es tut mir so leid." Ihre Stimme brach.

Da er nicht wollte, dass sie vor allen Gästen in Tränen ausbrach, lächelte er. „Muss dir nicht leidtun.

Ich bin ein großer Fan von Gerties Rinderbraten." Er steckte seinen mit Sauce überzogenen Finger in den Mund. „Ich glaube, so einen hätte ich gerne zum Mittagessen."

Doch sein Versuch, sie aufzuheitern, stieß auf taube Ohren und sie verzog das Gesicht, den Tränen nahe. „Aber … deine teuren Stiefel!"

Er warf einen Blick auf seine Krokodillederstiefel. „Das sind Arbeitsstiefel. In der Arena kommen die mit viel Schlimmerem in Berührung. Ein bisschen Bratensauce ist da nicht so schlimm." Er empfand das überwältigende Bedürfnis, sie zu umarmen, doch die Sauce, die überall auf seinen Kleidern verspritzt war, hielt ihn davon ab. „Bitte, schau nicht so entsetzt. Ist alles okay. Versprochen."

„Aber die Sauce ist überall!" Sie zog einen Lappen aus ihrer Gesäßtasche und begann, die Sauce von seinen Armen zu wischen. Sobald sie ihn berührte, prickelte seine Haut, und das Brennen der heißen Sauce war vergessen. Er schluckte, als sie ihm in die Augen blickte, die blauen Augen so groß vor Sorge, dass er sich in ihnen hätte verlieren können, wenn er sich zu ihr heruntergebeugt hätte … doch er hielt still.

Libby war hübsch mit ihren großen blauen Augen, ihrer zierlichen Stupsnase und ihren sanft geschwungenen Lippen. Im Rodeozirkus war er dauernd unterwegs und von schönen Frauen umgeben, doch in seinen ganzen fünfundzwanzig Jahren hatte er noch nie ein derart brennendes Bedürfnis verspürt, alles über eine Frau zu erfahren, bis er Libby begegnet war.

Plötzlich fragte er sich, wie sich ihre zarten rosa Lippen an seinen anfühlen würden.

Er runzelte die Stirn und verdrängte den Gedanken. „Schon okay. Nichts passiert." Er hielt ihre Hände fest, um zu verhindern, dass sie weiter nervös versuchte, die Sauce zu entfernen, als ihm bewusst wurde, dass das ganze Diner sie beobachtete. Er lächelte, um sie zu beruhigen, und nahm ihr sanft den Lappen aus den Händen. „Libby, wirklich, gib mir einfach den Lappen, und ich mach das schon."

Ihre Hände erstarrten unter seinen, und sie blickte zu ihm auf. Vance' Welt blieb stehen, und plötzlich fühlte er sich so, wie wenn er sich auf den Rücken eines Broncos setzte, kurz, bevor der Chute geöffnet wurde und der Ritt begann … er lebte für dieses Gefühl.

„Und ich mache den Boden“, riss Gertie ihn aus seinen Gedanken, als sie mit Mopp und Eimer aus der Küche kam.

Libby wirbelte herum. „Tut mir so leid. Es ist schon wieder passiert“, flüsterte sie und war sich wahrscheinlich der Tatsache bewusst, dass sie die Show des Tages war.

Gertie lachte und winkte ab, und als ein paar andere Gäste einstimmten, wurde Libby nur noch blasser.

Er warf einen finsteren Blick über seine Schulter, und das Lachen verstummte.

„Keine Sorge, Libby. Ist nichts, was man nicht aufwischen kann.“ Gertie machte sich ans Werk. „Lass uns das hier sauber machen, während Romeo hier *sich* saubermacht. Ich habe dem Koch schon gesagt, dass er die Bestellung nochmal kochen soll. Ich hatte schon den Verdacht, dass du was fallen lassen würdest, als ich Vance reinkommen gesehen habe.“

Vance war sich nicht sicher, ob er darüber lächeln sollte. Seine Brüder hatten schon spekuliert, dass Libby sich in ihn verguckt hatte. Doch er war sich nicht sicher, ob dem so war oder ob sie Angst vor ihm hatte. Oder vielleicht war es etwas ganz anderes. Er wünschte sich nur, dass sie nicht jedes Mal anfangen würde zu zittern, sobald sie ihn sah.

„Ich geh kurz raus zum Gartenschlauch."

„Unsinn. Geh in die Küche", Gertie nickte in Richtung der Schwingtür. „Ist schon gut. Du musst dich nicht auf der Veranda saubermachen. Ich will nicht riskieren, dass du auch noch dem Stinktier begegnest, das sich da draußen rumdrückt."

„Gott, nein. Ja, danke. Auf einen Zusammenstoß mit einem Stinktier habe ich gerade wirklich keine Lust."

Er ging in die Küche und machte sich so gut es ging sauber, während Hoss, der Teilzeitkoch, sich am Grill köstlich amüsierte.

„Das Mädel ist ein echter Tollpatsch, wenn du in der Nähe bist. Passiert ihr bei sonst keinem. Sie wird zwar auch nervös, wenn Sheriff Reb reinkommt, aber fallengelassen hat sie bei ihm noch nichts. Ich frage mich, ob sie irgendwelche Probleme mit dem Gesetz hat oder sowas. Doch wenn dem so ist, hat Reb noch nichts rausgefunden, und du bist kein Gesetzeshüter, darum glaube ich, dass sie sich einfach in dich verguckt hat."

Vance runzelte die Stirn. „Ich weiß nicht. So, wie sie mich anstarrt, habe ich fast das Gefühl, dass sie aus irgendeinem Grund Angst vor mir hat."

„Wohl kaum." Der hochgewachsene, massige Koch schüttelte den Kopf und lächelte. „Sie ist ein wirklich nettes Ding. Aber ich wüsste gern, was sie hierhergetrieben hat. Vielleicht erzählt sie dir ja was, wenn du fragst. Schau, ob sie irgendwelchen Ärger am Hals hat."

Vance wischte noch ein letztes Mal über seine Stiefel. Seine Jeans war stellenweise nass – sein Hemd auch – aber die Sauce war weg, und seine Stiefel waren sauber. So konnte er wieder rausgehen und sich an seinen Tisch setzen. Die anderen Cowboys, die das Desaster mitangesehen hatten, würden ihn deswegen aufziehen. Sie konnten sich über ihn lustig machen so viel sie wollten, solange sie nur Libby in Ruhe ließen. Doch er ging davon aus, dass sie ihre Gefühle nicht verletzen wollten und darauf verzichten würden, sie aufzuziehen. Schließlich hatten alle gesehen, dass es ihr furchtbar unangenehm gewesen war.

Die Cowboys teilten untereinander gerne aus, darum war er es gewohnt, hier und da auch ein bisschen was einzustecken.

Doch etwas an Libby traf ihn mitten in die Brust. Wenn das, was Hoss sagte, stimmte, dann machten sich alle Sorgen um sie und stellten sich dieselben Fragen. Coopers Frau Beth hatte erzählt, dass alle Frauen sich bemühten, ihr Vertrauen zu gewinnen, damit sie sich ihnen anvertraute, sollte sie vor irgendetwas Angst haben. Oder vor jemandem auf der Flucht sein. Sie hatte Cooper dazu angehalten, auch die anderen Männer darum zu bitten, Augen und Ohren offenzuhalten.

Und das taten sie. Er sah Hoss an. „Das werde ich versuchen.“

Hoss nickte und platzierte einen Hamburger auf einem Brötchen. „Gut, dachte ich mir."

Libbys Wangen brannten, als Vance aus der Küche zurück in den Gastraum kam. Alle waren wirklich nett und zogen sie nicht wegen ihrer Tollpatschigkeit auf, doch sie wusste, was alle dachten. Und sie hatte das Gefühl, dass sich die Cowboys alle über Vance lustig machen würden. So sehr sie sich auch bemühte, sich zusammenzureißen, ihre Tollpatschigkeit in seiner Gegenwart musste bei allen den Eindruck erwecken, dass sie in den niedlichen Cowboy verknallt war. Doch dem war nicht so.

Als er auf sie zu kam, hatte sie das Gefühl, sich ein wenig besser unter Kontrolle zu haben, und blickte zu ihm auf.

„Du hast dich ja gut wieder sauber bekommen." Sie hatte verzweifelt nach angemessenen Worten gesucht, doch das war alles, was aus ihrem Mund kam.

„Siehst du? Ich hab dir ja gleich gesagt, dass ein bisschen Braten und Sauce mir nicht wehtun. Bist du okay?" Er sah sie eindringlich an, als versuchte er, in ihren Augen zu lesen.

Sie bemühte sich, ihre Emotionen zu verbergen, da sie nicht wollte, dass irgendjemand sah, was in den Schatten ihres Herzens lag – zumindest für den Fall, dass die Augen wirklich die Spiegel der Seele und des Herzens waren. Sie brachte ein halbwegs normales „Ja" heraus.

„Gut, wollte nur sichergehen. Ist ja nichts passiert, du kannst also ganz beruhigt sein."

Ganz beruhigt sein... Dieser Mann vernebelte ihr Gehirn mit einem ganzen Sturm unbehaglicher Emotionen, die seine Gegenwart auslöste, vor allem, wenn er so nah war und sie so ansah. Ihr fehlten die Worte.

Er lächelte, als ob er verstand. „Okay. Ich setze mich wieder da rüber und lass dich allein. Ich denke, Drake hat bereits bestellt, darum lass mich dir den Weg zum Tisch sparen, indem ich gleich den Braten bestelle." Er zwinkerte ihr zu und ging an ihr vorbei an seinen Platz.

Sie ging in die Küche und direkt zum

Gefrierschrank am Ende, wo sie ihren Kopf an die Edelstahltür lehnte und seufzte.

Hoss' leises Lachen erinnerte sie daran, dass sie nicht allein in der Küche war. Sie blickte zum Grill, von wo aus der große Mann sie musterte.

„Du bist ja weiß wie die Wand. Bist du okay? Atme erstmal tief durch und entspann dich." Er trat zu ihr und tätschelte ihre Schulter. „Du musst dir was einfallen lassen, dass du nicht jedes Mal in Ohnmacht fällst, wenn der Presley-Junge hier aufkreuzt, junge Dame. Wenn ich dir irgendwie helfen kann, sag's nur."

Er hatte ein kleines Fenster über dem Grill, von dem aus er den Gastraum überblicken konnte, er musste also ihre Reaktion gesehen haben und hatte vollkommen richtig vermutet, dass sie beinahe in Ohnmacht gefallen wäre. „Es ist kompliziert, Hoss, aber danke."

„Ich will nur, dass du weißt, dass ich jederzeit für dich da bin." Damit wandte er sich wieder dem Grill zu.

„Oh, und Vance hat den Braten bestellt", sagte sie, und er lachte erneut.

„Gut zu wissen, dass einer von euch noch in der Lage ist zu reden. Ich mache ihm einen. Dann bringst du ihn raus und stellst ihn vor ihm auf den Tisch, als wäre nie was passiert. Du könntest vielleicht sogar versuchen, ein paar Worte mit ihm zu wechseln. *Guten Appetit* wäre ein guter Anfang."

Als sie stöhnte, lachte Hoss erneut.

„Das schaffst du. Sag was Nettes und halt um Himmels willen den Teller fest, okay?"

„Okay, das ist gar nicht so leicht. Mein Magen schlägt jedes Mal Purzelbäume, und meine Hände zittern. Von der Beinahe-Ohnmacht ganz zu schweigen. Furchtbar peinlich das Ganze."

„Klingt ganz wie in einem Liebesroman."

Sie hob abrupt den Kopf und starrte ihn an. *Hoss und Liebesromane?*

Er schmunzelte. „Verurteil mich jetzt bloß nicht, nur weil ich ab und an mal einen Liebesroman lese. Hilft mir zu verstehen, was Frauen mögen." Er runzelte die Stirn. „Nur, was ich nicht verstehe, ist, dass die Helden immer lange Wimpern haben. Kannst du mir erklären, was es damit auf sich hat?"

Sie lachte. Sie las gerne, und ja, ihr war auch aufgefallen, dass viele Helden lange Wimpern hatten. „Keine Ahnung, aber ich persönlich stehe eher auf faszinierende Augen – weniger auf Wimpern." Vance' Augen blitzten vor ihr auf. Nicht Marks.

Hoss wandte sich ihr zu. „Schön, dich lachen zu hören. Weißt du, was ich denke? Ihr solltet euch mal außerhalb des Diners treffen. Dann kannst du dich hinsetzen und nichts sagen, während du dich an die Funken gewöhnst, die da zwischen ihm und dir überspringen."

Sie ging zur Tür. „Da sind keine Funken. Glaub mir, er macht mich einfach nur nervös. Und abgesehen davon, kann er leicht was Besseres finden als mich."

Hoss warf ihr einen strengen Blick zu. „Was soll das heißen, was Besseres als du? Niemand ist besser als der andere. Niemand. Und wenn jemand denkt, dass er besser ist als du, dann hat er ein Problem. Vance ist nicht so, das kann ich dir versprechen."

Sie hatte zu viel gesagt. Sie war aufgewühlt gewesen und hatte zu viel gesagt, wo sie es besser hätte wissen sollen. „So habe ich es nicht gemeint. Gib mir den Teller, und ich verspreche dir, dass ich ihn diesmal nicht fallen lasse." Er reichte ihn ihr, und sie wandte sich zum Gehen, bevor sie stehenblieb und ihn über ihre Schulter anblickte. „Danke, dass du so nett zu mir bist, Hoss."

Der Bär von einem Mann mit dem romantischen Herzen zwinkerte ihr zu. „Auf geht's, Mädel. Du kommst schon klar."

Wenn er nur wüsste, wie falsch er damit lag.

Weitere Bücher von Debra Clopton

Windswept Bay
Von Diesem Moment An
Irgendwo Mit Dir
Mit Diesem Kuss & Für Immer Und Ewig
Warten Auf Liebe
Mit Diesem Ring
Mit Diesem Versprechen

Die Cowboys von Mule Hollow Serie
Liebe Mich, Cowboy
Tanz Mit Mir, Cowboy
Immer Ärger mit Lacy Brown
… plus Baby macht fünf
Mein Herz gehört dir, Cowboy

New Horizon Ranch Serie
Ein Cowboy für Maddie
Ein Cowgirl für Rafe
Ein Cowgirl für Chase
Ein Cowgirl für Ty
Eine Familie für Dalton
Eine Tierärztin für Treb
Maddies geheimes Baby
Ein Cowgirl für Austin

Die Cowboys von Ransom Creek
Ihr Cowboy-Held (Vorgeschichte)
Braut zu mieten
Cooper
Shane
Vance
Drake
Brice

Über die Autorin

Die Bestseller-Autorin Debra Clopton hat bereits über 2,5 Millionen Bücher verkauft. Ihr Buch OPERATION: MARRIED BY CHRISTMAS soll sogar als ABC Familienfilm verfilmt werden. Debra ist bekannt für ihre modernen Westernromanzen, texanischen Cowboys und temperamentvollen Heldinnen. Romantik und eine Prise Humor werden immer miteinander verflochten, um den Leser zum Lächeln zu bringen. Als Texanerin in sechster Generation lebt sie mit ihrem Ehemann auf einer Ranch im Herzen von Texas und freut sich immer über Zuschriften von ihren Lesern.

Besuche Debras Website unter
debraclopton.com/deutsch

Melde dich für ihren Newsletter
www.subscribepage.com/KostenloseTexascowboyromantik

Triff sie auf Facebook unter
www.facebook.com/debra.clopton.5

Folge ihr auf Twitter unter @debraclopton

Kontaktiere sie unter debraclopton@ymail.com